CUENTOS DE
HÉROES

ENRIQUE MALAVÉ RIVERA

Ibukku es una editorial de autopublicación. El contenido de esta obra es responsabilidad del autor y no refleja necesariamente las opiniones de la casa editora.

CUENTOS DE HÉROES
Publicado por Ibukku
www.ibukku.com
Diseño y maquetación: Índigo Estudio Gráfico
Ilustraciones: Ángel FloresGuerra
Copyright © 2018 Enrique Malavé Rivera
ISBN Paperback: 978-1-64086-249-4
ISBN eBook: 978-1-64086-250-0
Library of Congress Control Number: 2018959808

ÍNDICE

Agradecimientos

A Dios sobre todas las cosas, por haberme respondido y hacer realidad uno de mis más anhelados sueños.

A la profesora María Aguilar, me enseñó a descubrir mi gran capacidad y talento para escribir cuentos. Mis dos primeros cuentos escritos en su clase, han sido ganadores de varios premios literarios.

A los hábiles escritores que han escrito en las redes sus valiosos tutoriales que nos guían hacia el camino del éxito. Sin ellos, hubiéramos caído en las garras de aquellos que roban nuestros sueños o se aprovechan de ellos.

El Abuelo

Cuando llegué por primera vez a la casa que sería mi nuevo hogar, todos me trataron con mucho cariño, excepto mi amo que era más gruñón que todos los perros que conozco.

Cuando llegó la noche, me despertó el ronco ladrido de un perro viejo, a quien todos llamaban "El Abuelo". Me acerqué para hablarle, pero me detuvo un fuerte ladrido que me hizo brincar.

–Perdone usted, señor Abuelo, pensé que por estar ciego no ve vería.

–Aunque esté ciego tengo todavía suficiente olfato para defenderme.

–¿Por qué usted ladra tanto?

–Hijo, tengo que mantenerme despierto. No veo bien y el olfato me traiciona, pero mis oídos todavía están bien agudos. Cualquier ruido me alerta contra enemigos que quieren acercarse a la casa. Tengo que mantenerme para evitar que me traten como un perro viejo e inútil. Cuando tenía tu edad todos me acariciaban y jugaban conmigo. Me tiraban una pelota, yo saltaba, corría para traerla de nuevo al amo. Pero ahora me lanzan la pelota y no puedo ir a buscarla. Ya no me muestran cariño, dejé de ser su juguete. Ahora, llegaste tú, pero un día envejecerás y te echarán a un lado.

–Señor Abuelo, me gustaría me enseñara lo que debo hacer para alcanzar su edad.

–Primero, nunca mojes las llantas del carro del amo. Segundo, nunca muerdas las chanclas del amo. Y tercero, aprende a usar el periódico.

Las primeras dos lecciones me fueron fáciles de tragar, pero nunca entendí la tercera, pues no sabía leer, mucho menos el periódico. La idea dio vueltas en mi cabeza, hasta que un día, en un descuido, el amo resbaló en varias cositas que deposité en la sala. Un porrazo en la cabeza con el periódico me abrió los sentidos, aprendí la tercera lección.

Un día escuché al amo decir algo que me inquietó.

—Mañana llevaremos al Abuelo lejos.

—Pero —(ripostó mi ama) —él es parte de la familia, hace años que está con nosotros. Será difícil para los niños deshacerse de él.

–Ya está decidido, ellos tienen una nueva mascota, un poco torpe, pero es joven y se han encariñado con él. Sólo así, podremos dormir tranquilos.

Me hubiera gustado darle una buena mordida, pero corrí para contarle al Abuelo. Cuando terminé de contarle, me respondió:

–El hombre es el mejor amigo del perro, jamás me harían algo así.

No terminó de hablar cuando el amo con un saco en la mano, se lo llevaba a un viaje sin regreso.

Toda la familia se lanzó en la travesía. Poco a poco nos íbamos internando montaña adentro, donde la vegetación y sus múltiples aromas hacían difícil el regreso. El Abuelo yacía inerte en el saco, no luchó, como si recibiera la traición con resignación. Habiendo recorrido una gran distancia, el amo soltó al abuelo, comenzó el regreso. El Abuelo ladró y siguió caminando lentamente mientras su imagen se iba perdiendo en la distancia. Las lágrimas se dibujaron en el rostro de los niños. Traté de imitarlos, pero recordé las palabras de mi madre cuando me arrebataron de su lado y comencé a llorar;

–Hijo, los perros no lloran, es una virtud dada solo a los seres humanos.

Enmudecí y me acurruqué entre mis patas.

Al día siguiente nadie probó bocado, mientras yo me desesperaba al ver mi plato vacío. De repente, escuchamos unos ladridos, pero pensamos que era nuestra imaginación. Al escucharlos por segunda vez nos asomamos a la ventana. Allí estaba el Abuelo ante nuestros ojos que apenas creían lo que veían. Corrimos y luchamos para ver quién llegaba primero al patio, me escurrí entre sus piernas y les gané la carrera para llegar hasta el Abuelo. Lo abrazamos y acariciamos. Le pregunté –Abuelo, ¿cómo es posible que haya llegado hasta aquí? Me respondió –No fue nada, hijo–. Esto decía mientras me lanzaba una guiñada.

Fue así como fuimos felices juntos, todos los días de nuestra perra vida.

Todavía existen los héroes

Basado en un hecho real.

El Dragón abrió su boca para tragarme, cubrí mi rostro con mi escudo para protegerme de su fuego abrasador. Levanté mi espada a duras penas, mientras mis rodillas temblaban por el peso de mi armadura. Levantó su cabeza y al tratar de lanzar sobre mí su enorme llama "¡Tito!" –la voz de mi padre interrumpió mis sueños. "¡Apúrate, hijo, que Don Pedro está a punto de llegar!" Me levanté apresuradamente; un denso humo se dibujó en el espejo, mientras me defendía valientemente con mi cepillo de dientes.

Me tomé mi desayuno mirando a todos lados, mientras apretaba fuertemente mi cuchara. Otra vez mis pensamientos se esfumaron al escuchar a mi padre. "Hijo, toma tu desayuno con calma, yo me ocuparé de que Don Pedro te espere." Llegó la guagua. Me despedí de mi padre y le pregunté: –"Papi, ¿todavía existen los héroes?" Dándome un beso me dijo: –"No, hijo, ya no existen los héroes, sólo existen en tu imaginación."

Mis compañeros que conocían mis sueños me gritaron: –"¡Cuidado, Tito! ¡Detrás de ti!" Movido por mis reflejos lancé mi bulto hacia atrás, el cual fue recibido hábilmente por mi padre. "Hijo, no vivas de sueños y fantasías.

Los dragones no existen. Afrenta la realidad y no des lugar a las fábulas que no te llevarán a ningún lado. Anda, vete, que se hace tarde." Entré a la guagua, mientras mis compañeros me recibían a carcajadas.

Durante el camino comencé a dibujar mis sueños en mi libreta de dibujos. Me asusté al escuchar un grito detrás de mí. Me calmé, era sólo Paquito que halaba las trenzas de Margarita, mientras un manojo de pelo quedaba impregnado de sus largos dedos. Proseguí dibujando, cuando un rugido estremecedor me hizo brincar de mi asiento. Nuevamente me tranquilicé al darme cuenta que era Roberto que bostezaba estrepitosamente. Ya me había calmado cuando otro ruido acompañado de un olor nauseabundo e insoportable me causó sobresalto. Esta vez era tan real que todos los percibieron; por fin comprendían que todo es real, que nada es producto de mi imaginación. –¡Cuán equivocados estaban! Unos corrieron para asomar sus cabezas por las ventanillas; otros abanicaban el aire con sus manos; otros simplemente se tapaban la nariz. Mi esperanza se desvaneció cuando todos miraron a Carlitos, que sonrojado argumentó: –"Perdón, comí mucha avena." Esto decía mientras escondía su cabeza en su mochila. Una vez más todos volvió a la normalidad, mientras el viento purificaba el aire. Pero, algo llamó de nuevo mi atención. Observé cómo Don Pedro apretaba ligeramente el pedal de los frenos, hasta golpearlo fuertemente. Miré a Don Pedro por el espejo y noté que sudaba copiosamente. ¿Será miedo? ¿Acaso se había dado cuenta de que algo raro nos esperaba en el camino? ¿Estará sintiendo el calor de las llamas que arroja el Dragón de su boca? Los niños yacían tranquilos, pero fueron perturbados por un grito. "¡Niños! ¡Sujétense! ¡Nos hemos quedado sin frenos!" Las reacciones de histeria colectiva no se hicieron esperar. Nos sujetamos fuertemente de nuestros asientos, unos gritaban, otros lloraban y muchos comenzamos a hacer nuestras confesiones. "¡Silencio!" –gritó Roberto. Todos callaron. –"Quiero decir mis últimas palabras, de hoy en adelante prometo no hacer más travesuras, esto, si logramos salir con vida" –esto decía mientras extraía una ranita de su mochila y la arrojaba por la ventanilla.

–Carlitos –dijo Paquito –Me regalarías tu merienda, tú sabes, ya no la necesitarás.

–Sí, tómala. Para qué la quiero, si no le tengo ganas.

La guagua comenzó a caer en cráteres y cunetas, nuestras cabezas golpeaban el techo. La merienda de Carlitos rodaba por el suelo, y también Paquito, que trataba en vano de recogerla. Yo en cambio miré al infinito; una figura dulce se dibujaba en el cielo. "Si estuvieras aquí, mamá, pero no te preocupes, no tengo miedo, y ahora que te veo, me siento más animado. Creo que todo es mi culpa. Este Dragón sólo me quiere a mí; sin embargo, todos seremos tragados sin misericordia. Sólo pienso en papá, tú sabes, pronto estaré contigo y él se quedará solo en este mundo. Hoy le pregunté si todavía existían los héroes, y me contestó que no. ¡Si supiera que él siempre ha sido mi héroe! Se levanta de mañana a preparar el desayuno, realiza todas las tareas que tú realizabas cuando estabas con nosotros. Compartimos momentos felices y cuando estoy rendido, me cuenta cuentos hasta que me hago el dormido, me besa y se va. Busco rápidamente mi libro, mis cuentos favoritos, esos que tú me leías todas las noches, Cuentos de Héroes y Dragones, que mantengo oculto debajo de mi cama. Muchas veces he ido sigilosamente y lo he sorprendido contemplando tu retrato, ese donde sonríes y pareces un ángel radiante, una lágrima cruza sus mejillas y se derrama en tu retrato. Quiero correr, abrazarlo y consolarle, pero mis lágrimas lo impiden y corro a mi cuarto y me desahogo con mis cuentos. Adiós, mami, pronto nos veremos y nos consolaremos juntos." "¡Don Pedro! déjeme combatir, ustedes no merecen morir, me busca a mí, sólo a mí."

"¡No, Tito! Mantente en tu asiento, no moriremos sin luchar."

Nos íbamos acercando al precipicio. Don Pedro lanzó un grito desesperado, "¡Sujéteeenseeee!" El Dragón abrió su boca, pude ver sus entrañas y lo afilado de sus colmillos. El ambiente se impregnó de una densa neblina. Cerramos los ojos y de repente, ¡Pa!, un estruendoso golpe nos sacudió violentamente. Chocamos contra algo que impidió nuestra fatal e inevitable caída por el precipicio. Miré, un caballero se encontraba frente a nosotros, cubierto con una fuerte coraza de acero, había arriesgado su vida colocándose frente a nosotros para salvarnos de una muerte segura. –"¿Cómo están ustedes? ¿No hay ningún herido?"

Don Pedro ligeramente aturdido por el golpe, miró a su alrededor, todos estábamos ilesos, algo atolondrados, pero nada serio.

–Todos se encuentran bien, algo asustados, pero son niños muy valientes, en especial Tito, que nos infundió valor en todo momento.

–¡Vaya!, usted sí que es mi héroe –le dije al caballero desconocido.

–Hijo, sólo traté de salvar la vida de ustedes, que tienen mucho por vivir.

Todos abrazaron y le dieron las gracias a Don Rafael –el valiente caballero– agradeciéndole el haberles salvado la vida. Uno a uno iban llegando, los policías, los bomberos, las ambulancias, los noveleros y al fin, lo que nos llenó de alegría, nuestros padres. Todos buscaron a sus hijos, los besaron y los abrazaron. Rodearon al caballero héroe y le agradecieron tan valiente acto heroico. –"Algún día seré como él, sólo falta buscar al Dragón y capturarlo y presentarle a todos su cabeza." Busqué a mi padre entre la multitud, no lo encontré, no lo culpo, es un profesional, muy intelectual, responsable de su trabajo que es complejo. Miré atrás al oír mi nombre y una voz que rápido reconocí. –¡Aquí! ¡Aquí!–grité mientras mi padre se acercaba. Luego que me alcanzó me abrazó y besó. –Has visto, papi, ese hombre se arriesgó colocándose en medio de nosotros para que el Dragón no nos arrojara al precipicio.

–Tito, hijo mío, Don Rafael es otro chofer de guagua escolar. Cuando se dio cuenta de lo que estaba sucediendo, los persiguió. Cuando les dio alcance, colocó su guagua en el medio para detener la guagua de Don Pedro; quiso salvarlos a ustedes, que son niños inocentes que apenas comienzan a vivir. Tienen toda una vida por delante para ser agradecidos de que Dios todavía envía ángeles para socorrernos, especialmente a sus pequeñas criaturas.

–Entre esos ángeles, ¿está mamá?

–No sé, hijo, pero sé que cuida y pide por nosotros para que Dios nos guarde.

–Papi, ya ves, todavía existen los héroes.

Una lágrima cruzó sus mejillas.

–Sí, hijo, todavía existen los héroes.

El escudero del Rey

Era el tiempo de los reyes y sus grandes caballeros, donde dominaba el poder del más fuerte y la armadura de acero. De tierras lejanas vino un noble caballero, de clase casta e hidalguía. Era su mayor anhelo conocer al gran escudero que salvó la vida del rey más valiente que existía en aquellos tiempos. Vino lleno de presentes, con elogios de los reyes y una corona de oro la cual colocaría en su cabeza.

Fue bien recibido por nobles vasallos, quienes le rindieron honores al honroso visitante. Quedó maravillado al ver tanta majestuosidad en aquel importante castillo, digno del cetro real; pero al momento, cambió su semblante, tornándose en mil colores, al ver acostado en la real alfombra, un perro, al que le faltaba una oreja. Se dibujó en su rostro una horrible mueca y gritó desafiante ante aquellos olores de un ser que consideró horripilante. Pero su enojo se hizo más evidente al ver adornados sus pies con brazaletes de oro, piedras preciosas, una corona de oro adornaba su cabeza y a su lado un carruaje de ciprés. Lo arrojó de la alfombra dándole un puntapié. De inmediato, cientos de vasallos y diestros soldados rodearon al perro para darle protección. Alzó su grito ante el trono donde descansaba el rey, quería pagar con su espada aquella osadía.

Aquel bullicio despertó al rey que dormía su siesta. –¿A qué se debe tanta algarabía, que no dejáis que repose por tanto tiempo perdido?

–¡Perdonadme, mi señor! Soy el Duque de otras tierras, el Rey monarca de mi imperio os mandó sellada una carta, que a vuestro palacio vendría un guerrero entusiasta.

–¿A qué debe la visita que tanta expectación nos causa? ¿Qué queréis que haga para saciar vuestra ansiedad?

–Quiero conocer al hombre que salvó vuestra vida, la historia ha llegado a toda provincia lejana, de cómo vos y vuestro escudero vencieron al más temido de los bárbaros venciéndole cuando estabais casi vencidos.

–Acercaos y os contaré la historia más sublime que de mis propios labios escucharéis.

Saldréis por todo el mundo conocido, será vuestro designio proclamar por vuestros dominios las cosas que oiréis.

–Era la única oportunidad que tenía para salvar mi reino, o seríamos esclavos de una bestia enfurecida, que no perdonaría a nuestras mujeres e hijos. Los crueles lo tomarían todo por la fuerza. Peleamos como nunca, con sudor y sangre, pero el enemigo era más fuerte, no se rendían ante nadie. Vi uno a uno caer frente a mí mirándome a los ojos, como queriendo decir ¡no hay quien nos salve! Sólo de pie yo quedaba; peleaba contra el emperador como una fiera incansable, pero el bárbaro era más fuerte que yo.

–Me abandonaron las fuerzas, las manos me temblaron, me invadió la fatiga. Se nublaron mis ojos, el sudor cubrió mis mejillas. Mis manos se desangraban y una herida se dibujaba en mi brazo. El bárbaro reía y su rostro se tornó como dragón. Lanzó un alarido de victoria levantando su espada, pero sucedió un milagro. Mi escudero surgió de la nada, cortando los aires se lanzó sobre el malvado. Peleó con uñas y dientes, lastimó el rostro del enemigo que se desangraba a borbotones. Cegado por la sangre que como rojo velo cubría sus ojos, lanzó a diestra y siniestra su espada, gritando con enojo; hasta que logró cortar una oreja a mi valiente soldado. Cayó a mi lado herido, cubrió mi cuerpo con el suyo para salvarme.

–Levantó el ogro miserable de nuevo su espada, para lanzar el golpe mortal sobre mi héroe amigo que no se podía levantar. No podía permitir que mi escudero muriera de forma despiadada. Saqué fuerzas de adentro y armándome de mi espada, la clavé en su pecho, cayó herido y maltrecho, miró con asombro mi cuerpo que se levantó sin poder para defender al que entregó su vida para salvar de la muerte a su amado señor.

–Abracé a mi escudero, lo tomé en mis brazos y vendé sus heridas. Lo traje al castillo, le coloqué mi corona, lo armé caballero y le di un carruaje de ciprés, para que viva siempre a mi lado y duerma a mis pies.

–¡Oh, que hermosa historia! Es mucho más de lo que contaron. Vuestro amor y amistad es tan sublime y sagrada, que le regalo mi espada, vencedora en mil batallas, y mi túnica especial, para el caballero más valiente de toda humanidad. Presentadme al caballero para darle mis honores, vos y vuestro escudero serán desde hoy mis nobles señores. Presentadlo de una vez que me inquieta la emoción, le besaré los pies o cortaréis mi cabeza.

–¿Jurad por vuestra cabeza que besaréis sus pies?

–Juro por mi cabeza y por mi rey, que si no le beso los pies, ¡mi cabeza cortaréis!

–¡Pues aquí lo tenéis, es el perro sin oreja, a quien le habéis dado el puntapié!

Operación Hawai

Basado en un hecho real

Hoy es un día muy especial, acabé de recibir mi licencia de abogado. Gasté parte de mis ahorros en colocar anuncios en el periódico para ofrecer mis servicios. Estoy esperando con ansias recibir una llamada. Luego de prepararme un café, que por cierto sabe algo extraño, como que ya no lo hacen como antes, oigo que tocan en la puerta; abro y encuentro a un perro frente a mí con una carta en su boca, la cual traté de quitarle con mucha dificultad, luego del forcejeo logré arrebatársela, se fue refunfuñando, no sin antes dejar sus heces fecales en mi patio, –¡grosero!–, bueno me pareció oír esa palabra, pero es una tontería pensar que fue el perro el que lo dijo. Tomé el sobre el cual venía dirigido a mí y el cual dictaba de la siguiente manera:

Licenciado Santos Gutiérrez
Urgente entregar a la mano.

¡Vaya! Qué manera de entregar un sobre a la mano dejarlo tirado para que un perro lo

llene de saliva. Abrí el sobre el cual contenía una carta que decía lo siguiente:

Estimado señor Gutiérrez:

Adjunto le envío un pasaje ida y vuelta con destino a Hawai y un cheque de $1,000.00 para gastos. Le estaremos esperando para darle las instrucciones de cuál será su traba-jo; el mismo será muy bien recompensado. Le esperamos lo más pronto posible.

Att.,
Comunidad Coquí de Hawai

Parecía una broma o una locura de algún excéntrico, pero el pasaje es válido y también el cheque. No estaría mal unas vacaciones, siempre soñé con una aventura en Hawai. Lo que me llamó más la atención fue la firma, pero entendí que muchas organizaciones utilizan nombres extraños para identificarse, lo que no me explico cómo es posible que una entidad utilice un nombre que es odiado por los hawaianos como lo es el coquí.

Luego de un viaje placentero y sin contratiempos, llegué a Hawai. Fui recibido muy amigablemente por hermosas jóvenes del lugar, quienes colocaron en mi cuello el tradicional adorno. Tomaron mi equipaje, cuando de momento algo saltó sobre mi cabeza, depositándose en mi nariz, un golpe me dejó aturdido y con un fuerte dolor en mi tabique. Fui asistido por el gerente del hotel, quien se querelló contra el oficial que me había dado el golpe. –Lo siento, está prohibido traficar coquíes en Hawai, quise golpear al coquí que lamentablemente se paró en su nariz. –No me quedaré con esto, soy un ciudadano americano y licenciado en leyes. No sé de dónde salió ese coquí.

Luego de salir del hospital llegué a mi habitación. Tomé una siesta, molesto por lo acontecido y atolondrado por los medicamentos que me suministraron. Esperé infructuosamente al que me contrató, le cobrarán el golpe recibido. Estaba en el quinto sueño cuando escucho una voz lejana que me despertó. –¡Santos!, despierta, dormilón, que hay trabajo que hacer. –Miré hacia todos lados y no vi a nadie, pensé que el golpe en mi nariz y los medicamentos recibidos me habían provocado choques mentales. Traté de volver a dormir cuando el cantar de un coquí me sobresaltó, "¡no puede ser!" He venido tan lejos para ser perturbado por los coquíes. Busqué y trepado en mi taza de café estaba un coquí mirándome fijamente, restregué mis ojos, corrí al baño y me lavé la cara luego de darme varias cachetadas. Al regresar había desaparecido; tomé un sorbo de café, el cual sabía igual que el que me tomé en mi casa antes de salir de viaje. ¡Caray!, qué coincidencia, es el mismo sabor. ¿Dónde podré beberme un buen café? –Perdona–, escuché de nuevo la voz, –acostumbro a probar tu café por las mañanas y sin querer lo lleno de baba. –Miré y allí mirándome estaba el coquí que todavía chorreaba café. Me estoy volviendo loco, llamaré ahora mismo a un siquiatra.

–Tú no estás loco, los coquíes, como algunos animales, podemos hablar, no lo hacemos porque ustedes los humanos no nos entienden.

–Bueno, te seguiré la corriente, a ver si esta pesadilla termina pronto. ¿Qué es lo que quieres?

—Me llamo Víctor y fui yo quien te contrató.

—¡Oh! y fuiste tú el que escribiste la carta, compraste los pasajes, firmaste los cheques y enviaste a un perro que hasta me llamó grosero.

—¿Y desde cuándo los perros hablan?

–Desde el mismo momento en que un coquí llamado Víctor se atrevió a dirigirme la palabra.

–Sí que eres grosero.

–Bueno, vayamos al grano.

–Resulta que un hawaiano visitó a Puerto Rico, encantado con el coquí decidió traerse uno para su tierra. Al principio a todo el mundo le gustó, pero al pasar el tiempo la gente se cansó de nuestros chirridos y nos consideraron molestosos; no entienden que es la manera que tenemos para enamorar a la hembra, quien es tan presumida que nos dejan cantando toda la noche hasta que les da la gana de hacernos caso, luego nos dan una figura cuatro y entonces sí que gritamos porque no nos sueltan hasta que no se satisfacen.

–Sí, ya entendí, obviemos los detalles, no tienes que ser tan explícito.

–El problema es que al no entender nuestro comportamiento nos han declarado sus enemigos y tratan de asesinarnos ya sea con misiles de café, agua con jabón, insecticidas y hasta nos espacharran y nos corren a sartenazos. A todo esto hemos sobrevivido, pero ya es hora de que nos defendamos.

–¿Y qué tengo que ver yo en este asunto que ustedes mismos se han buscado?

–Vivo hace tiempo en tu casa.

–Sí, ya me di cuenta, espero que no regreses y no te bañes en mi café.

–¡Bocón!, al enterarme que te graduaste de abogado, nunca dudé de tu inteligencia aunque tengas la cara de idiota, decidí contratarte para que nos defiendas ante el Gobernador y su Gabinete.

–Un momento, esperas que con esta cara de idiota que dices que tengo, vaya donde el Gobernador y le diga que Víctor el coquí me ha pedido que los defienda.

–No tienes que decir las cosas que ellos no entenderían. Simplemente en tu carácter personal, con tu creatividad, vas a exponer lo que consideras es una injusticia.

–Tendría que solicitar una audiencia, quizás esto lleve mucho tiempo.

–No te preocupes, ya todo está arreglado, dentro de una hora te recibirá el Gobernador, el Secretario de Estado y el de Justicia.

Luego de esta conversación inusual, me dirigí a la Oficina del Gobernador y su Gabinete, que como dijo Víctor me esperaban y fui muy bien recibido. Me ofrecieron una taza de café la cual acepté y digerí ligeramente para evitar que Víctor la compartiera conmigo.

–Hemos recibido su demanda por daños y perjuicios causados durante su estadía en esta bella tierra. Lamentamos lo sucedido y le informo que el Gobierno de Hawai pagará todos los gastos incurridos en el hospital y todos los gastos del hotel y su estadía aquí. Sobre el otro asunto creo que no está muy claro, los coquíes son estorbos públicos que causan daños al ambiente y alteran la paz.

Atrapé a Víctor en el aire antes de que cayera sobre el Gobernador.

–Quiero decirle, respetable Gobernador, que los chirridos del coquí son propios de su naturaleza y es el medio por el cual expresan sus sentimientos, como lo haría todo ser enamorado en su lugar, créame que he visto locuras insospechadas que realiza el ser humano para enamorar a una mujer.

–Entiendo, tiene lógica, pero nosotros no debemos pagar por los caprichos de la naturaleza.

–No es sólo capricho, sino un crimen, un genocidio contra una especie que está en peligro de extinción, y por tal motivo es protegido por las leyes de la Nación Americana y mucho más cuando son ciudadanos americanos.

–Usted tiene toda la razón–, respondió el Secretario de Justicia. –Si los coquíes pudieran hablar hubiéramos sido llevados a una corte y severamente castigados por atentar contra la especie.

–Yo sugiero, señor Gobernador–, comentó el Secretario de Estado, –para complacer tanto al coquí como a los que amenazan a la especie, que busquemos un lugar, que ya tengo visto, que sirva de albergue para el coquí, donde pueda cantar, enamorarse, formar una familia y ser visitado por aquellos que como yo aman al coquí, pues fue mi abuelo el primero en traer un coquí a Hawai y me enseñó a quererlo.

–Me parece bien la idea, redactaré de inmediato una orden ejecutiva donde se proteja la vida del coquí y se multe a todo aquel que mate a un coquí. Mientras usted, señor Secretario de Estado, hará los trámites para adquirir la propiedad.

–No será necesario, es la finca que heredé de mi abuelo. Es lo suficientemente grande para albergar a todos los coquíes del mundo.

–Bueno, creo que mi misión ha terminado y ha sido más fácil de lo que pensé. Si usted, señor Secretario, se hubiera expresado antes, les hubiera evitado muchos problemas a sus amigos.

–Lo sé y lo lamento, pero muchas veces anteponemos nuestras aspiraciones políticas que nuestros sentimientos y nos equivocamos. Uno debe defender siempre lo que ama.

–Señor Gobernador, señores Secretarios, a pesar de todo fue un honor tratar con ustedes, pero tengo que volver a mi hogar.

–Le enviaré copia de las leyes redactadas y esperamos volverle a ver.

–Así será.

Me retiré no sin antes despedirme de Víctor.

–Espero recibir mis honorarios, ya mi trabajo ha sido realizado.

–No te preocupes, pronto los recibirás, te echaré de menos.

–Yo no pienso lo mismo, pero la experiencia fue bastante enriquecedora. Terminó la pesadilla y espero no volver a hablar más con ningún animal.

–No estés tan seguro de ello. Pero vete que todo está listo para tu partida.

Me dirigí al aeropuerto y en pocos minutos ya estaba en el avión, todo ocurrió demasiado acelerado, como ocurre en los sueños, lo que parece una eternidad ocurre en cuestión de minutos. Terminó el viaje. Una semana después recibo dos cartas, una del Gobernador y otra del Secretario de Estado. Abro primero la del Gobernador que decía lo siguiente:

Estimado señor Gutiérrez:

Saludos cordiales. Adjunto le envío copia de la ley firmada por mí y avalada por la corte. Le envío además una compensación por los daños recibidos durante su estadía en Hawai. Espero sea suficiente y nuevamente lamentamos lo ocurrido.

Att.,
Julián Bécker
Gobernador de Hawai

Casi me voy de bruces cuando veo la cantidad del cheque, nada menos que

$1,000,000.00. Abro la carta del Secretario de Estado que decía:

Querido amigo Santos,

Gracias a ti, cientos de coquíes disfrutan de paz y felicidad. La comunidad ha aceptado sus errores y cooperan, inclusive la finca se ha convertido en un centro turístico. Te envío la cantidad de $50,000.00 por tu labor realizada. Te deseo muchos éxitos y que pronto nos visites.

Sinceramente,
Eugenio Sagardía
Secretario de Estado

¡Vaya!, esto sí que hay que celebrarlo con una buena taza de café como a mí me gusta y libre de contaminación. No acababa de probar mi café cuando alguien tocaba la puerta. ¿Quién será? Nunca me dejan tomar mi café tranquilo. Abro la puerta y frente a mí se encuentra de nuevo el perro con una carta en su boca.

–¡Otra vez! Espero que esa carta no sea de la fábrica de monos.–Una vez más tuve que forcejear con el perro para que soltara la carta. Luego de arrebatársela se dirigió a mi auto y mojó las llantas. –¡Perro grosero! –¡Tu abuelo! –ripostó el perro o por lo menos me pareció escuchar estas palabras. La carta decía lo siguiente:

Estimado señor Gutiérrez:

Nos place felicitarle por su famoso caso a favor del coquí. Nos interesa pagar por sus servicios. Adjunto le enviamos pasajes para el estado de California. Una vez llegue al aeropuerto le daremos las debidas instrucciones.

Att.,
Comunidad de las cigarras

Las cigarras, estos animalitos sí que molestan. Debo terminar mi café para volver en mí y pensar con claridad. Tomé mi taza de café, tomé un sorbo, aquel sabor amargo y peculiar me hizo estallar. –¡Víctor!

El Secreto de Hidenburgo

Hace muchos años en la tierra de Sanovia, vivía un rey tirano. Había conquistado con las fuerzas de las armas a todo territorio que se le oponía. Reinaba con puño de hierro a las naciones vecinas, tanto, que de todas las provincias del reino se concebían complots para matarlo y establecer un reino de justicia. A su lado, siempre le aconsejaban dos ministros. Uno era Ezequías, hombre noble que sufría por los constantes abusos cometidos contra su pueblo y pueblos conquistados por el rey Zerequías. Siempre buscaba la forma de apaciguar el espíritu rebelde e impulsivo de su rey, a quien servía con temor. Había logrado que se impusieran impuestos justos de acuerdo a las posibilidades de los tributarios. No obstante, le era imposible lograr cambios significativos, ya que Hubert, el otro ministro, encargado del ejército, se oponía tenazmente a que se atentara contra la imagen de poder que debía imperar en el reino, ya que manifestaciones de bondad podrían redundar en debilidad y falta de respeto al rey.

Un día se reunieron para rendir tributos ante el rey sus ministros y representantes de las provincias de Sanovia. Ezequías se acerca al rey y presenta presentes de la tierra de Hidenburgo.

Ezequías: –He aquí presentes de la tierra de Hidenburgo.

Representantes de la provincia le presentaron hermosas canastas de frutas y manjares de su tierra, hermosas jarras y artesanías de gran colorido y belleza.

–Extremadamente hermosos vuestros presentes–, dijo el rey. –Verdaderamente, Ezequías, tus consejos han sido de gran valía.

–Disculpe, mi rey, que lo interrumpa.

–¿Qué queréis, Hubert? ¿Qué puede ser más importante que recibir los presentes de mis provincias?

–Os traigo de la provincia de Hidenburgo un presente más valioso que estas baratijas que os traen ante vuestra presencia.

–Presentad, pues, este presente valioso de que tanto habláis.

–¿A qué os referís, Hubert? –intervino Ezequías. –¿Cuál es la incógnita con que perturbas la paz de mi rey y su pueblo?

–No os exasperéis, vano consejero. Vos habéis ocultado el secreto de este pueblo hipócrita que se presenta ante el rey con vanas ofrendas para ocultar sus verdaderas intenciones, que no es otra que sublevarse contra el rey.

–Probad lo que decís, Hubert, o ya no serás general de mi guardia.

–Sí, mi Señor, aquí tenéis la evidencia. ¡Traedla ya!

–¿Qué traéis? ¿Qué está oculto bajo este manto?

–Ya lo veréis, mi Señor. He aquí el símbolo del verdadero rey de los Hidenburgos. ¡El rey Noblius!

–¡No! (El rey se inclina.) Esta estatua fue mandada destruir por mi padre hace más de cincuenta años. Pero, ¿por qué está aquí? ¿Por qué no se obedeció la orden de mi padre, el rey Demetrius III. Esta estatua representa el odio de mis ancestros. Hoy yo gobierno, pero su sombra me persigue día tras día.

–Pero, mi Señor–, respondió Ezequías, –han transcurrido doscientos años desde que el rey Noblius desapareció, o mejor dicho, murió, ya no existe, ni es un peligro para vos y nuestra nación.

–¿Nuestra nación? –replicó Hubert. –Tú eres aliado de estos rebeldes, que han ocultado esta estatua que representa al enemigo número uno de nuestro reino. Sólo Hidenburgo retó al rey Demetrius I y lo venció en batalla y se mantiene rebelde hasta hoy.

–Desconozco, Hubert, la historia de este pueblo.

–Yo te contaré la historia–contestó el rey. –Vos decidiréis qué haré con este pueblo que me trae recuerdos que me atormentan.

–Levantaos, Señor–, dijo Hubert, –que la gente os observa. ¿Acaso queréis que os tomen como un gobernante débil?

–No toméis en poco a vuestro rey. El dolor es más fuerte que la mano de hierro. Si no os controláis, descargaré mi poder sobre vos.

–Perdonadme, mi Señor.

–Y ahora, Ezequías, (se levanta) os contaré la historia de mis antepasados, esos valientes guerreros que me legaron su fuerza y valentía, temidos por siglos, venerados, odiados pero respetados por todas las naciones del mundo. Todo reino que se oponía era destruido y sumido en cenizas hasta no quedar rastros que no fuera el polvo de sus huesos. Demetrius I era mi bisabuelo. Había arrasado con todo enemigo menor o mayor. Pero sólo un pueblo sobre la faz de la tierra se negó a seguir el designio de los dioses, se levantó contra mi padre y le declaró la guerra. Ese pueblo rebelde, sí, pero mi padre lo respetaba porque era valiente, osado, atrevido. Mi bisabuelo anhelaba enfrentarse a un pueblo como éste, para que fuera su traición y osadía castigada, para ser ejemplo a todo pueblo que arraigaba esperanzas de acabar con el poderío de Demetrius I y su terrible e implacable dinastía. El rey de este pueblo se enfrentó a mi bisabuelo. Tuvieron un enfrentamiento voraz, pero este rey era valiente, fuerte, honorable guerrero; derrotó a Demetrius y lo hirió de muerte. Mi abuelo Demetrius II armó a sus ejércitos y tomó el mando y los condujo nuevamente a la guerra. Ambos lucharon hasta el cansancio hasta que se hirieron gravemente. El rey enemigo, creyendo a mi abuelo muerto, huyó herido de muerte hasta perderse en las montañas del Imelet, que rodea las provincias enemigas. Refuerzos de sus ejércitos se llevaron a mi abuelo a la ciudad real, y ya moribundo le pidió a Demetrius III, que era mi padre, buscara en las entrañas de las montañas a su enemigo, para así morir en paz. Mi padre, siendo apenas un niño todavía, le juró a mi abuelo que así lo haría. Mi padre, sin saber cómo lidiar con la situación en un momento donde el rey enemigo se convertía en una leyenda, era temido por los ejércitos de nuestro reino. Pero Gamalius, general del ejército y padre de Hubert, prometió a mi padre buscar hasta la saciedad. Armados por los ejércitos valientes, emprendieron la batalla contra el pueblo de este rey. Barrieron sin compasión a este pueblo que ya no tenía rey, ni quién lo dirigiera en la guerra. Su ejército luchó con valor, pero el nuestro lo superaba en número, lo que hizo posible una aplastante victoria. No hubo posibilidad de salvación, de manera que todo el pueblo fue barrido sobre la faz de la tierra; pero nunca más se encontró al rey, aún cuando lo buscaron hasta debajo de las piedras. Nunca se halló su cuerpo. Mi abuelo murió preso de la desesperación y esa desesperación cubrió a mi padre todos los días de su vida.

–Me inquieta saber esta historia, que para todos es una leyenda, pero cuentas cosas que no son posibles. No es posible que un hombre pueda vivir más de cien años y se mantenga aún igual de joven como dicen las historias del pueblo.

–Esa historia no termina aún. Una semana después de la batalla, un comando regresó a Hidenburgo para establecer una fortaleza, pero cuán grande fue el asombro al encontrar a la ciudad intacta, mucho más consternado se sintió al ver a Filius, general de Hidenburgo, vivo aún cuando Gamalius lo hirió con su propia espada y le vio sucumbir sin vida. El ejército huyó despavorido, Gamalius nunca volvió, y mi padre jamás se atrevió a regresar a un pueblo de fantasmas. Sólo recibimos a un mensajero de Hidenburgo a solicitar la paz. Ellos pagarían tributos, pero no debíamos regresar jamás o sufriríamos una muerte segura. Mi padre accedió porque entendió que no podía contra un presagio de los dioses. Pero siempre el misterio de ir a este pueblo misterioso me ha consternado. Se dice por comerciantes viajeros que han visto en estos días al espíritu de Noblius moverse por sus contornos.

–¿Cómo habéis conseguido esta estatua? –preguntó Ezequías.

–La ciudad de Hidenburgo es impenetrable. Unos comerciantes, aprovechando las fiestas que se celebran en la ciudad, indagaron buscando cosas de gran valor que abundan en Hidenburgo.

–¡Son ladrones! –exclamó Ezequías. –Permitir que estas personas entren en nuestras comarcas a saquear es un mal ejemplo para su gobierno excelentísimo, Señor.

–No son ladrones–, respondió Hubert, –sino espías al servicio del rey.

–Desconocía que el rey enviara espías a sus ciudades.

–No he dado órdenes de tal naturaleza. Hubert lo ha hecho sin mi consentimiento.

–Debo disculparme con vos, pero conociendo la historia que tanto os preocupa, en la cual mi padre desapareció siendo yo un pequeño niño, quería deshacer vuestras dudas y demostrar que este pueblo no tiene nada sobrenatural. No es más que un pueblo que vive del pasado, de una gloria que se esfumó con la muerte del rey Noblius, pero que todavía le rinde tributos y abriga en sus corazones el momento de levantarse contra vos y quebrantar nuestro reino. Debemos ir y quebrantar sus esperanzas y volver a convertirlos en polvo, aunque sean protegidos por sus dioses. Los nuestros han probado ser más poderosos.

–No debéis escuchar a este hombre que sólo responde a sus vanas expectativas de venganza y alimenta vuestro odio para seguir cometiendo atrocidades desmedidas y caprichosas.

–Me acusáis, Ezequías, de ser un rey opresor y despiadado. No he adquirido este reino oprimiendo a los pueblos indefensos, sino aquellos que osan retar mi autoridad. Pero vos, Hubert, ¿qué más podrías argumentar para justificar tus acciones?

–Creo, mi rey, que otro pueblo invasor, enterándose de la destrucción de Hidenburgo, invadió la ciudad. Se han disfrazado de Noblius y nos han engañado por décadas esperando el momento para atacarnos sumiéndonos en el miedo infundado.

–¿Y qué vos sugerís?

–Vayamos y ataquemos sin aviso, no le demos tiempo para prepararse y sumamos a este pueblo engañador de nuevo en las cenizas. Pero antes eliminemos a los enviados, usemos sus ropas y tomemos la ciudad por sorpresa.

–¿Y dónde están los enviados de Hidenburgo?

–Han desaparecido, mi rey, y no aparecen por ningún lado–, respondió un oficial de su guardia.

–Son fantasmas, son un pueblo de fantasmas.

–Dejad que vaya con mis ejércitos y les dé alcance.

–¡No! Ya entendí lo que sucede, los dioses me han iluminado. Quieren que termine esta guerra y yo también lo deseo. Noblius y su pueblo son espíritus que vagan buscando paz para sus almas. Sólo el perdón terminará mi agonía para siempre. Las guerras traen dolor a todos los involucrados. Odiamos a los que nos arrebatan a nuestros seres queridos y olvidamos el daño que causamos cuando somos nosotros los que matamos a los suyos. Ya es hora de que mi reino sea recordado para siempre como el reino que realizó los cambios más grandes de la historia, de cómo abrazó la justicia, perdida en los deseos de poder. Ezequías, tú irás por mí, llevarás un mensaje sellado de paz. Si Noblius vive, dile que quiero verle para firmar la alianza que nos hará libres.

–Deje que yo vaya. No se rinda, mi rey.

–Sí, tú irás para proteger a Ezequías, pero no dirás una sola palabra, ni hablarás en mi nombre. Todo lo que diga Ezequías, eso harás. Me lo traerás sano y salvo o tú morirás.

–Lo que usted diga, mi Señor.

Su semblante cambió y se enojó contra Ezequías dirigiéndole estas palabras:

–Espero que te sientas complacido con lo que has hecho. Haré todo lo que mi rey me pide, pero encontraré la verdad y todo cambiará a mi favor. Ya lo verás.

–Sin amenazas, Hubert. No te temo, no podrás contra mí porque no estoy cegado de rencor como tú. Ahora caminemos antes que le solicite el rey que no me acompañes.

–No temas, te traeré con vida. No estoy loco para perder por tu culpa lo que he logrado por mis méritos. Marchemos.

Luego de escoger a un grupo numeroso de experimentados soldados, se dirigieron a la tierra escogiendo un atajo que los llevaría pronto. La idea de Hubert era darles alcance a los representantes de Hidenburgo antes que dieran aviso de su llegada. Internándose en las montañas, el capitán del ejército le advirtió a Hubert.

–Señor Ministro, cuentan los transeúntes que estas montañas no deben ser caminadas durante las noches. Existen criaturas extrañas que no permiten el paso. Todos los que traspasan este territorio de noche jamás regresan.

La noche fue cubriendo su visión y el transitar se hacía difícil. El capitán solicitó a Hubert se detuvieran para descansar y proseguir al amanecer. Hubert accedió y ordenó al capitán escoger guardias que vigilaran. De momento, comenzaron a aparecer luces que parecían ojos de fuego que cubrían todo el lugar.

–¡Enciendan las antorchas!–Al encender las antorchas, se vieron rodeados de extrañas criaturas. Eran las gárgolas negras, criaturas que sólo salían de noche. De día se internaban en las cuevas, ya que les molestaba la luz del sol.

–¡Preparaos!–gritó Hubert. –No temáis, no apaguéis vuestras antorchas. Estas criaturas les temen a la luz.

Las gárgolas volaron y rodearon al ejército arrebatándoles las antorchas, atacaron al ejército que lanzaba golpes en la oscuridad.

–¡Atacad a los ojos!–gritó Hubert. Pero las gárgolas eran veloces. Sus garras eran como el acero, tenían colmillos afilados y su cuerpo duro como roca. Al ver Ezequías el estado de los soldados y queriendo evitar muertes innecesarias, levantó su mano. Su anillo brilló en la oscuridad y cegó a las gárgolas.

–¿Quién sois vos?–gritó el rey de las gárgolas. –¿Quién os ha dado ese anillo? Sólo un hombre sobre la faz de la tierra tiene ese anillo.

–El rey Noblius se lo regaló a mi abuelo hace años en señal a su gran amistad. Este anillo ha pasado de generación en generación, hasta que me tocó a mí llevarlo en honor a Noblius de Hidenburgo, el rey más noble de toda la historia.

–Hace muchos años–, respondió el rey gárgola, –un rey cruzó este sendero huyendo de los ejércitos de Demetrius II. Lo rodeamos creyéndolo un intruso, pero su anillo nos cegó como ahora. Él y sus valientes hombres nos hubieran destruido. Sin embargo, nos perdonaron la vida. Nunca conocí a un rey tan piadoso que éste, sí, el rey Noblius de Hidenburgo. Desde ese momento juramos protegerlo contra todo invasor y no dejar que ningún ejército pase por este lugar. Soy amigo de Noblius. Yo te llevaré sano y salvo ante el rey que vive por siempre y llevaré a los heridos para que sean sanados y vivan. Así conocerán al misericordioso rey.

Así fue como Ezequías, Hubert y los solda-dos heridos fueron llevados por el aire hasta Hidenburgo. Pero Hubert, lleno de maldad, había ordenado en secreto a su capitán, que esperara hasta el amanecer y reuniera a su ejército y lo condujeran a Hidenburgo. Llegaron las gárgolas a las montañas de Hidenburgo, cubiertas por la nieve y un intenso frío que cubría el aire. Ante sus ojos perplejos y anonadados, la nieve se convirtió en hielo, y el hielo en figuras que parecían humanos con espadas, escudo, arcos y flechas de hielo. Estas criaturas, al igual que las gárgolas, protegían la ciudad. El rey gárgola habló con el rey de los hombres de hielo, quien envió un mensajero a la ciudad. Soldados de la ciudad vinieron a recibirlos y a conducir a los heridos para ser atendidos. Los hombres de Sanovia quedaron maravillados ante tanta majestuosidad y belleza incomparable de la ciudad. No había ni una sola persona de edad avanzada, como si el tiempo se hubiera detenido para aquellos habitantes. Un grupo de hombres, a los que ellos llamaron curanderos, comenzaron a empapar sus heridas y a lavarlas con agua. La fiebre desapareció, también las heridas, la piel quedó limpia y sana como si nunca hubieran recibido una herida. Los moribundos volvieron a la vida. Descubrieron que un poder sobrenatural rondaba la ciudad y se llenaron de temor. No podrían contra una ciudad protegida por los dioses. Además, no podrían atacar a los que les habían salvado la vida.

Luego de sentirse sanos, fueron bien agasajados con manjares que consistían en legumbres y frutas cultivadas en la tierra más fértil que jamás habían visto. Ante sus ojos, toda fruta y legumbre sobrepasaba el tamaño de una normal. Toda vegetación era verde, no había hojas secas, ni árboles secos ni frutas descompuestas; la vida era absorbida tanto por humanos como por árboles y arbustos. Al final de la cena, fueron llevados a dar un recorrido por la ciudad. Entraron en la escuela donde maestros experimentados enseñaban diversas materias. Un maestro de ciencia e historia enseñaba a los niños a mirar el futuro con optimismo.

–Llegará el momento–, decía el maestro, –donde el hombre causará el caos en el universo. La hecatombe destruirá a su propia tierra a consecuencia de las guerras desmedidas y causadas por el anhelo de poder. Pero no teman. Ustedes serán los sobrevivientes del mañana y los responsables de comenzar un nuevo mundo donde reine la paz por siempre.

Pasaron a otra aula donde estudiantes de arte diseñaban hermosas artesanías de barro y piedras preciosas que abundaban en la tierra de Hidenburgo.

Recorrimos las aldeas. Los padres enseñaban a sus hijos a cultivar la tierra, a recoger los frutos y a construir sus casas. Las madres enseñaban a las niñas a tejer, cocinar y a diseñar joyería. Había tiendas donde ofrecían sus trabajos y sus alimentos. Comerciantes de todo el mundo venían a comprarles y la ciudad era rica en gran manera. Había mucho que aprender, muchas cosas que hacer. No había lugar para el ocio o el aburrimiento. Los años pasaban y nadie se daba cuenta. De allí fueron conducidos al palacio real. Un personaje vistoso apareció y gritó:

—¡El rey Noblius os da la bienvenida!

Allí ante los ojos atónitos de todos apareció de forma majestuosa e imponente el rey Noblius.

–Sean todos bienvenidos a la tierra de Hidenburgo, la tierra del bien y de la vida. Si habéis venido en paz, aquí la recibiréis.

Observó a los visitantes y dijo:

–Ezequías, añoraba verte hecho todo un hombre. He oído de tus luchas para traer justicia y paz para tu pueblo. Eres igual que tu abuelo, mi gran amigo y hermano. Y tú, Hubert, sé de tus malos caminos y de lo que te propones. Anhelas estas tierras, el poder y la inmortalidad. Pero sólo conducirás a tu pueblo a una guerra sin sentido.

–Tú, rey Noblius, me arrebataste a mi padre, el cual murió tratando de darte muerte, pues así se lo prometió al rey Demetrius II.

–Tu padre murió, pero recibió la vida. Agradecido, decidió no volver, se quedó con nosotros. Tu padre vive y aquí lo tenéis.

Ante sus ojos que no podían creer lo que veían, apareció Gamalius, su padre.

–Padre, si yo he envejecido más que tú. Pensé que Noblius te había dado muerte y he vivido odiándolo toda mi vida, a él y a su pueblo. Pero ahora que te veo con vida, me arrepiento. Perdóname, padre. Perdóname, rey Noblius.

–Te perdono, hijo.

–Yo también te perdono, pero ya tu ejército se acerca para atacar la ciudad.

–No se preocupe. Mi ejército me obedece. Yo lo detendré. Pero, ¿cómo pudo sobrevivir? ¿En qué consiste ese poder? Imagínese lo feliz que será el universo si pudiera ser inmortal.

–Pero también peligroso para aquel que quiere vivir para dominar al mundo y someter a los débiles. Pero os contaré lo que cambió mi vida para siempre. Así decidiréis qué hacéis de ahora en adelante. Herido por el rey Demetrius II, huí para ocultarme en las montañas. Preferí morir solo que caer en las manos despiadadas de Sanovia. Me movía con dificultad entre las rocas. Había un hueco que no vi, caí al vacío, pero había un río que apaciguó mi caída. Traté de nadar para salir de las heladas aguas. Al lograrlo, me di cuenta que el dolor había desaparecido, pero no sólo el dolor, sino que al examinar mi herida, ya no estaba. Era un milagro o estaba soñando. De momento, entre las aguas apareció un ser blanco, y sus vestiduras resplandecían como la luz. Extrañado y lleno de temor le pregunto:

—¿Quién sois vos? ¿Eres un dios? ¿Estoy en el cielo o en el abismo? ¿Vivo o estoy muerto?

—Noble rey Noblius—, me responde el extraño ser, —soy enviado del Dios de los dioses, el único y verdadero, el que da la vida y la quita. Él ha examinado vuestro corazón y no permitirá que uno de sus hijos muera sin su protección. En vos está la esperanza de los pueblos. Vives porque tiene planes para ti. Toma esta jarra llena de agua. Todo aquel que la beba y sea puro y sincero de corazón, vivirá. El agua no tiene poder por sí sola. Es necesario la pureza y la bondad para que obre en las personas. El agua de la jarra no se acabará. No temas, porque tu pueblo sea grande. Luego de salvar a tu pueblo, construirás un pozo en la ciudad. Esta agua llenará tu pozo. De ella beberás todos los días, regarás la tierra y ella te dará lo mejor de sus frutos. Comeréis de los frutos de la tierra y no mataréis al animal. Ven, yo te llevaré hasta tu pueblo. Las tropas enemigas se han marchado, pero volverán y tu pueblo le esperará. No serán jamás derrotados. Esa es la historia de Hidenburgo. Así como lo dijo el ángel del Dios del cielo, así ha sido hasta el día de hoy.

–¡Maravillosa historia! –dijo Hubert. –¿Significa que el poder está en el agua que bebéis?

–Sí, el agua que corre por las venas de Hidenburgo es la que nos da la vida.

Su conversación es interrumpida por un mensajero.

–¡Noble rey! Ha llegado el rey de Sanovia y pide su audiencia.

–¿El rey Zerequías aquí? Hazlo pasar.

Entra el rey Zerequías y se inclina.

—Levantaos, rey. No os tenéis que inclinar. Somos reyes, somos iguales.

—No somos iguales, noble rey. Vos sois diferente. El espíritu de los dioses está en vos. Quise por mí mismo conocer la historia, saber lo que todos dicen como un secreto a voces desde que era niño. Ahora comprendo la verdad. He llegado apresuradamente porque el ejército aliado de Hubert, siguiendo sus órdenes, se preparaba para atacar la ciudad. Pero mis fieles soldados me dieron aviso y fueron detenidos en el camino y llevados para juicio, a la vez que Hubert pagará por su osadía y desobediencia.

—No es necesario castigarles por seguir órdenes de un superior. Hubert ha demostrado su arrepentimiento y mucho más, que se ha encontrado con Gamalius, su padre.

—¡Gamalius! Estáis igual que cuando desapareciste en estas tierras.

—Siempre fui fiel a vuestro padre, pero aquí encontré la vida, al lado del rey Noblius, y aquí permaneceré para siempre. Si vos lo queréis, encontraréis también la vida, pero tenéis que terminar con vuestro odio.

–Sí, Gamalius, no vengo a hacer la guerra, sino a establecer la paz entre nuestros pueblos.

–¡No! –gritó Hubert. –No debemos ceder, tenemos al rey Noblius, enemigo de nuestros ancestros frente a nosotros. El secreto de su poder está en el agua que beben. Tomemos ahora el agua y no moriremos. Seremos igual que ellos, los podremos derrotar y encadenarlos de por vida.

–Vos me indignáis–, interrumpió Gamalius. –Creí que habías aprendido la lección. No eres el hijo que esperaba. No habéis cambiado en nada.

–Vos sois débil–, respondió Hubert. –Yo reinaré en el lugar de Zerequías–. Esto dijo arrebatándole a Zerequías la espada y enterrándola en su cuerpo. Luego se traspasó con la misma espada. Gamalius, al verlo herido, tomó una copa de agua para darla al rey. Hubert, herido, le arrebató a su padre la copa y la tomó.

–Ahora no moriré jamás–. Pero la herida sangraba. El dolor era profundo, se desplomó al suelo y gritó.

–¿Qué ocurre? ¿Por qué la herida no desaparece? Me habéis engañado, siento que me sofoco y muero.

–Hijo–, dijo angustiado Gamalius, –el rey lo dijo muy claro, pero no quisiste escuchar por tu corazón terco y cruel. El agua no tiene poder por sí misma, es necesario un corazón sincero y noble y tú no lo tienes. Lo siento, hijo. Acabaste con tu vida queriendo usurpar el poder y dominar al mundo.

El rey Noblius tomó otra copa y le dijo el rey Zerequías que yacía herido:

–Toma, mi amigo, vive y reina con justicia. Lleva la paz a tu pueblo. Todavía hay grandes cosas que debes hacer.

–No, Noblius. No quiero vivir para ver a mi pueblo envejecer y morir, hasta quedar solo en el mundo. Muchos malvados al igual que Hubert querrán venir aquí para encontrar el poder. Deja que muera y selle este secreto para siempre.

Zerequías murió y su ejército regresó a Sanovia, llevando los cuerpos del rey y de Hubert. Jamás regresaron a Hidenburgo. Cientos de ejércitos llegaron de lejos buscando la fuente de la vida y el poder eterno. Sin embargo, no encontraron la ciudad. Unos dicen que está oculta entre las montañas, otros que la cubre el cielo, otros que desapareció y se encuentra en un lugar en las profundidades de la tierra, y hay quienes dicen que muchos abandonaron la ciudad y se internaron en los confines del mundo, viviendo como nómadas, ocultando su verdadera identidad y esperando el día en que todo termine, que el mundo desaparezca y también la vida. Entonces la ciudad resurgirá a la superficie y comenzará un nuevo mundo y una nueva vida para siempre. Quizás, sin saberlo, un habitante de Hidenburgo viva cerca de ti.

Las Villas Especiales

Érase una vez una reina llamada Silia, gobernaba con justicia y bondad a su pueblo. Siempre soñaba con un pueblo feliz, mejor dicho con el pueblo más feliz de toda la Tierra. Una noche entre sueños, se encontró en el interior de su provincia, niños descalzos corrían por los montes, sucios, mugrientos y hambrientos, mientras las madres trabajaban como hombres para mantener a sus hijos. Los hombres marcados por la fatiga y el sudor, caían exhaustos casi muertos. De repente, cientos de niños se le acercaban y le gritaban, "¡Mala! ¡Mala! Mientras tú vives una vida de rica en tu palacio, tu pueblo muere de hambre". Comenzaron a arrojarle piedras y palos.

—"¡No! ¡Yo amo a mi pueblo!", la angustia y la desesperación la atormentaban, quería despertar y no podía. Trató de huir de la turba, pero tropezó y cayó al suelo y así despertó, sudorosa y acongojada. "Mañana", dijo, "mañana daré un paseo por los campos de mis provincias, para ver si el Cielo me está enviando un mensaje. No quiero estar cometiendo injusticias contra este pueblo que amo, sí, mañana.

Se levantó temprano y llamó a su guardia de honor e hizo llamar al Ministro de Defensa y les habló a sus asesores de Palacio: "He estado mucho tiempo dedicada a la Ciudad Capital. No he salido a ver a la gente que está en la montaña, que se baña en el río y que labra la tierra para conseguir su alimento. Anoche fui perturbada por un triste sueño que, al igual que al faraón de Egipto, me obliga a buscar consejo para apaciguar mi desconsolado corazón. Vosotros siempre me decís que mi reino goza de paz y felicidad en todos sus rincones, respondedme ahora si lo que tanto decís con vehemencia es cierto o me habéis ocultado una verdad que me enojará en gran manera". "No encontraréis en todo el reino", dijo el Ministro, "mayores aliados, fieles a vuestra Majestad. Vuestro reino goza de bienestar y riqueza. He gozado de su confianza y en vuestro reino no hay ninguna necesidad gracias a mi sabia administración. Los campesinos reciben el mejor trato, los tributos son razonables y viven de sus frutos holgadamente". "¡Mentís!" retumbó una voz, que provenía de una sirvienta, criada en los campos y traída a servir en contra de su voluntad desde muy joven. "¡Cómo os atrevéis", dijo el Primer Ministro, "a alzar vuestra voz ante la Reina, no sabéis que está prohibido que una sirvienta le hable a la Reina sin su consentimiento! ¡Guardia!, apresad a esta mujer y castigadla severamente por su osadía". Los guardias se aprestaban para obedecer al Primer Ministro cuando una voz de autoridad los detuvo, "¡Alto! No apresaréis a nadie, os doy mi permiso para que habléis conmigo. Me habéis servido mucho tiempo y os considero de

la familia. Decidme acerca de lo que sabéis".
–"Perdonadme, mi señora, pero no pude soportar más oír esta conversación, como las muchas que he guardado en silencio, cuando el señor Ministro y los ricos hacendados hacían complots para aumentar la carga de los campesinos, para que tributen más de lo que pueden dar. Les dejan sólo una pequeña porción que apenas da para sobrevivir, mientras la otra parte se la reparten para enriquecerse. Traen una pequeña parte a Palacio para ocultar sus abusos. ¡Si pudieras ir, mi Reina!", se arrodilla a sus pies. "¡No habléis más!, insolente esclava, o cortaré vuestra lengua mentirosa", gritó el Primer Ministro. –"¡No la tocaréis! Capitán, ¿qué tenéis que decir a vuestro favor?" –"Mis soldados solo se ocupan de velar por la seguridad de vuestro reino y acompañar a vuestros recaudadores a cumplir con sus deberes y proteger vuestros bienes de los malhechores. Yo os llevaré por todas las comarcas para que veáis la realidad." –"No, vos no me acompañaréis, me guiará ella. Levántate. Si me ha mentido será castigada severamente y apresada en las prisiones de San Jerónimo. Si por el contrario, resultare ser ciertas sus palabras, será recompensada y liberada inmediatamente.

Ven (dirigiéndose a la sirvienta), habladme más a fondo de lo que sabéis". Mientras la Reina hablaba con la sirvienta, el Primer Ministro llamó al Capitán y le dio instrucciones: "Llevadla a las mejores provincias, llevadla antes a los Duques y Condes que son nuestros aliados que dirigen las comarcas. Ellos mantendrán a la Reina entretenida y le hablarán bien de mis funciones como administrador del reino. Si yo caigo, ellos también caerán". "Así será", le contestó el Capitán.

–"Enviad pronto a mensajeros confiables antes que ellos partan."

–"Ya es tiempo de que salgamos, no esperaré ni un momento más", dijo la Reina.

–"Prepararé inmediatamente vuestro carruaje con los mejores caballos del reino."

–"No será usted quien me proteja esta vez."

–"¿Quién, pues, mi señora, os acompañará? Nadie mejor que vuestro fiel Capitán para velar por vuestra seguridad."

–"Mi seguridad está en las manos del Omnipotente y en mi fiel Centurión Gayo y sus soldados."

Luego de realizar todos los preparativos, emprendieron el viaje con Gayo al mando y cien valientes soldados que no cederían ante ningún enemigo que se atreviese a atacar a su Reina. Todos los ricos hacendados, Condes y Duques fueron avisados de antemano de la visita real.

El follaje ocultaba al sol que castigaba sus cuerpos infiltrándose entre las hojas. El paisaje era realmente hermoso. El panorama iba cambiando mientras se acercaban a los campos de caña de azúcar, de café, algodón, tabaco y frutos menores. Las grandes casonas presagiaban el contorno de su grandeza y su imponente decoración de toque colonial. Le recibieron los ricos hacendados acompañados por campesinos bien vestidos. Criados se aprestaron para atender sin demora a los recién llegados.

El propietario recibió a la Reina con sus palabras llenas de elogio y elocuencia.

–"Bienvenida, mi Reina. ¿A qué se debe la grata visita? Nunca habíamos gozado de su real presencia."

–"Es curioso, noble acaudalado, que estéis preparados como si hubierais sido avisados de nuestra visita."

–"Mi señora, nosotros siempre estamos preparados para recibir nobles visitas. Los campesinos ya han terminado su jornada de trabajo, ahora reposan. Y ya veis lo limpios y felices que se ven."

–"Sí, qué hermosos se ven, espero que todos estén así de felices."

–"Vuestro Primer Ministro siempre se ocupa del buen trato que se le da al campesino. Su buena administración hace posible la prosperidad de vuestro reino. No perdáis vuestro tiempo, quedaos aquí hasta mañana para que veáis nuestros campos, disfrutéis de sus frutos."

–"Atended a mis hombres y a nuestros caballos, luego nos marcharemos para ver otros campos; quiero estar segura de que en todas las villas y comarcas haya el mismo trato y consideración que aquí."

–"Yo os aseguro que así es."

–"Ven." (La Reina llama a la sirvienta.) "Dime, ¿todo es así? ¿No os habéis equivocado? Hace años que estáis en el Palacio, las cosas han cambiado desde que reino."

–"Perdonadme, mi Reina, pero hace varias semanas que recibí a escondidas a dos de mis sobrinos que me contaron sobre los abusos a los que son sometidos. Algo anda mal, yo os lo juro."

–"No se diga más, seguiremos el viaje antes que se haga tarde."

Prosiguieron la marcha con decisión determinante. Una docena de soldados fueron enviados antes para explorar el área. En cada comarca encontraban un contingente de criados que le recibían lanzándoles flores, pero la Reina había ordenado no detenerse. "¡Alto!", la voz de Gayo detuvo la marcha. Los soldados enviados con antelación venían con dos hombres.

–"Señor Centurión, hemos sorprendido a estos hombres ocultos en la vegetación, trataron de huir pero los apresamos."

La Reina los reconoció, eran mensajeros del Palacio.

–"Podéis soltaros. Son mensajeros del Palacio. Decidme por qué os ocultáis. ¿A qué se debe vuestro temor? ¿Cuál es el mensaje que traéis?"

–"El Primer Ministro nos ha enviado a preparar el camino, avisándoles a los ricos hacendados de vuestra visita. Es su deseo que seáis bien recibida como es digno de vos."

–"Admiro vuestra preocupación y la del Primer Ministro, pero este viaje era sumamente secreto. Gayo, que estos hombres nos acompañen, no los perdáis de vista."

Poco a poco fueron internándose en los campos. Muchos no pudieron ser avisados de la llegada de la Reina. Niños llenos de tierra corrían descalzos, atemorizados al ver a los soldados. A lo lejos observaron cómo soldados de otra legión golpeaban a unos campesinos mientras sus mujeres y niños lloraban suplicando piedad. Eran observados por recaudadores que daban las órdenes y reían como si aquel atropello fuera un espectáculo. Se acercaron y Gayo intervino, "¡Alto! ¡Deteneos! ¡Dejad de golpear a estos desvalidos!".

–"¿Quién lo ordena? No conocemos ninguna autoridad que no sea la del Primer Ministro."

(Sale la Reina del carruaje.) –"¿Acaso el Primer Ministro os ordena este brutal atropello contra personas indefensas? Yo os ordeno que me expliquéis cuál es la razón para que golpeéis a estos hombres."

Todos se inclinan ante la Reina. El recaudador le responde a la Reina, "Mi señora, estos campesinos son los que les corresponde a vuestro reino. Solo les estamos dando un escarmiento que es necesario para que sea ejemplo a todos los que osen hacer lo mismo".

(Dirigiéndose a los campesinos, la Reina les pregunta.) –"¿Qué tenéis que decir en vuestra defensa?"

–"Mi Reina, es la tercera vez en lo que va de año que he tributado de la cosecha. Solo nos quedan pocos granos para sembrar y sobrevivir hasta la próxima siega. Somos constantemente asediados por los cobradores de impuestos que por la fuerza nos solicitan más de lo que podemos dar."

Fueron e investigaron a otros campesinos, quienes reiteraron la misma situación de abuso contra ellos.

"No se diga más", argumentó la Reina, "volvamos, Gayo, al Palacio y llevemos a los testigos, tanto soldados como campesinos serán enfrentados al Primer Ministro. Quiero que el Primer Ministro tenga la oportunidad de explicarme las razones por las cuales ha cometido este atropello contra los obreros y gente humilde de mi país".

El Primer Ministro recibió aviso de que la Reina se había enterado de sus propósitos maquiavélicos y que súbditos suyos y campesinos lo habían delatado, y se dirigía a enfrentarlo en un juicio que no ganaría. Tomando parte de los tesoros adquiridos ilegalmente, huyó y se internó en el Bosque Encantado, donde amigos suyos lo esperaban para conducirlo a la isla de los monos; pero vigilantes que cuidaban el bosque alertaron sobre su presencia y el motivo de su huida. Lo capturaron y lo lanzaron al abismo, de donde nadie ha regresado jamás. Cuentan que se escuchan ruidos desgarradores, pero nadie se atreve a descender a las entrañas de aquel abismo aterrador.

Consternada y abatida en su alma, la Reina creó las Villas especiales, que consistía en asignarles fondos y ayudas a las comunidades pobres, para que pudiera subsistir por sí mismas, y fueran atendidas debidamente por su gobierno. Nombró nobles y fieles servidores que se encargarían de recolectar los tributos con honestidad y justicia. Pasaron los años y la paz reinaba en todo su reino. El amor llegó a su corazón cuando el Rey Canterus de Androjonia se enamoró de ella y le ofreció matrimonio. La Reina, no pudiendo resistir los deseos de su corazón, se unió al Rey Canterus y se fue a reinar con él a otras tierras, pero antes, reconociendo que no podía abandonar a sus villas, encargó al Hada Madrina Julia, cuidara y velara por ellas, en tanto ella estuviera lejos, pues pronto regresaría a pedir cuentas a sus nobles por las tareas realizadas a favor de su pueblo. Se marchó confiando que todo marcharía bien.

En ausencia de la Reina, muchos se corrompieron. Entre ellos se encontraba el Conde Ojedus que en unión al Duque Hilerius, acudieron al Mago Abelus, para lanzar un hechizo sobre las Villas de Hostus. Muy pronto los moradores de la Villa fueron engañados y seducidos por promesas falsas. Una niebla densa y oscura cubrió el lugar y sus mentes fueron posesionadas por la maldad. El Conde Enricus, acompañado por los Duques Elius, Naomus y Gladus, acudieron al Príncipe Guillermus, quien envió una legión de soldados para aplacar el desorden y arrestar a los culpables. No pudieron cumplir sus propósitos. El ejército de Guillermus huyó despavorido, atemorizado por la niebla que los cegaba y las voces en la oscuridad que cercenaban sus oídos. Enricus y sus compañeros quedaron solos en la batalla y decidieron ir en busca del Hada Julia. Armados con antorchas que penetraban la penumbra, se abrieron paso, esperanzados en encontrar la salida y llegar al Bosque Encantado donde reina el Hada. Llegaron a un laberinto que nunca habían visto, creado por el Mago Abelus por orden del Conde Ojedus. Una vez tras otra buscaban en vano la salida, todos los senderos se parecían, las paredes se movían de un lado para otro. Las voces de risa incontenible abatían los sentidos.

Fatigados por la búsqueda, vieron una luz que descendía e iluminaba los senderos. Poco a poco la luz se acercaba a ellos, descubrieron a una Timberlina que les dijo, "Síganme, el Hada Julia se ha enterado de vuestra lucha y me ha enviado a ayudarles y a conducirles sanos y salvos hasta el Bosque Encantado. Toma esta espada, les ayudará en sus batallas. Háblale cuando la necesites, ella te dará luz, fuego y fuerza". Dirigidos por la Timberlina lograron salir del laberinto, pero guardias del Duque Hilerius les esperaban armados. Los ojos perdidos de estos hombres veían en la oscuridad. Dominados por el grupo de la neblina, se apoderaron de la Timberlina que grita, "¡Enricus, pídele fuego a la espada!". "¡Espada, dame tu fuego!", gritó Enricus. La espada se encendió y el Capitán que la sostenía gritó soltando la espada. Todos los hombres de la niebla fueron cegados por la luz que emitía la espada encendida. Enricus y sus aliados continuaron la marcha, dejando atrás a los hombres de la niebla, que habían quedado como muertos.

A medida que se iban acercando al Bosque, la niebla iba desapareciendo. Un ejército de venados armados con arcos y flechas les recibieron y los condujeron a donde se encontraba el Hada Julia. Cientos de aves nos recibieron golpeando sus alas, que se oían como aplausos de multitudes, en medio de ellos apareció el Hada Julia con sus rizos cabellos y su tierna sonrisa. Se acercó a ellos y los abrazó diciéndoles, "Bienvenidos, nobles guerreros, tenéis un gran corazón y eso los ha salvado y salvará a sus Villas de las tinieblas". No terminaba de hablar cuando un grito los estremeció, "¡Hada Julia!". El Hada Julia se volteó y vio cómo los habitantes del Bosque rodeaban a la Timberlina. "¿Qué ocurre?", preguntó.

–"Algo le pasa a la Timberlina que se ha desmayado."

El Hada Julia trató en vano de revivirla.

"Solo un ser humano", argumentaba, "podrá revivir a la Timberlina, un hombre de corazón puro podrá revivirla con palabras poéticas, según el libro de encantamientos. Tú, noble Enricus, podrás salvar a la Timberlina o morirá".

–"Debo pensar en lo que he de decir. (Piensa unos segundos.) "¡Ya lo tengo!:

Timberlina, Timberlina, tú que iluminas los senderos con tu luz, vuelve pronto a la vida, que el mundo urgente necesita la luz radiante que emites tú."

Una aureola de múltiples colores que iluminaban el paisaje rodeó su cabeza, la Timberlina abrió sus ojos y abrazó a Enricus por traerla de nuevo a la vida. Las criaturas del Bosque aplaudían e hicieron gran algarabía, pero el aleteo apresurado de una golondrina que gritaba interrumpió la fiesta. –"¡Pronto,

Hada Julia, un ejército se acerca al Bosque y una niebla le sigue los pasos!"

"Debemos", respondió un búho sabio desde un árbol, "encontrarnos con ellos, antes de que lleguen y contaminen el Bosque".

"Sí", contestó el Hada. "Vayamos, Capitán, prepare sus ejércitos para la gran batalla."

−"Es demasiado tarde, ¡mire!"

El Bosque se impregnó de la neblina y tras ella el Mago Abelus, Ojedus, y Hilerius le acompañaban.

"¡Ríndanse o pereceréis en este Bosque que pronto perderá su encanto!", gritó el Mago Abelus. "No nos rendiremos ante la maldad, el Bosque resistirá todo lo malo que entre en él, pues es un legado del Dios de los dioses. No podrán vuestros hechizos y embrujos dominarlo", contestó el Hada Julia.

"Eso lo veremos." El Mago Abelus levantó su vara mágica, pero una liana que colgaba de un árbol de acacia se la arrebató, mientras cientos de lianas y fuertes bejucos apresaban e inmovilizaban al ejército malvado.

–"No necesito una vara para usar mis poderes que son más poderos que los vuestros."

El Mago invocó al poder de las tinieblas y una tormenta de relámpagos se creó en el Bosque. Rayos y centellas cayeron e hirieron a las lianas y bejucos que sujetaban al ejército. Enricus invocó el poder de la espada, "¡Espada, dame tu fuerza!". Un rayo azul cayó sobre la espada e iluminó el Bosque. Rayos y centellas cayeron sobre la espada, pero no pudieron destruirla. La luz de la espada cegó al ejército de la niebla. La niebla se desvaneció y el espíritu que había posesionado las mentes cautivas, abandonó sus cuerpos y se lanzó al abismo de donde había venido.

El Mago Abelus tomó su espada y lanzó rayos de fuego sobre Enricus, pero fue combatido por la espada de Enricus que repelió el ataque lanzando rayos que destruyeron la espada del mago y penetraron su cuerpo y lograron que su cuerpo estallara en mil pedazos. El Conde Ojedus y el Duque Hilerius fueron capturados mientras huían y fueron enviados a la isla de los monos. Allí fueron atormentados por criaturas llamadas "Chupacabras", por el resto de sus días.

El ejército volvió en sí y suplicaron se les perdonase, por haber actuado tan vilmente y dejarse convencer por los malvados. Siendo perdonados por el Hada Julia y por Enricus, volvieron a sus villas y trabajaron arduamente para restaurarla y comenzar una nueva vida.

"Ve, noble Enricus", dijo el Hada Julia. "Sigue reinando tus villas con amor y justicia, cuídala para que nada ni nadie vuelva a engañarla. Te regalo la espada para que te proteja y proteja a tus villas y que la paz reine dondequiera que vayas ahora y siempre". Luego de despedirse de todos los moradores del Bosque, Enricus y sus amigos volvieron a sus villas donde reinaron con amor y justicia. La paz volvió a reinar en las villas durante mucho tiempo, pero la Reina Silia regresó y un ser extraño escapó del abismo.

Continuará

Ella, Ella

¡Ella! ¡Ella! Desperté aturdido por estas palabras que trastornaban mis sentidos. Pero, ¿quién era ella? No hubo imagen que me revelara de quién se trataba; sólo pensé en ella, la mujer que amaba. La llamé infructuosamente sin recibir respuesta, por lo cual fue más honda mi preocupación al no poderla contactar. Salí apresuradamente mientras una sombra extraña me erizó la piel al cruzar vertiginosamente frente a mí, y mucho más cuando detrás de mí escucho de nuevo las palabras con una voz nefasta, ¡ella! ¡ella!. Miré y no había nada, por lo que entendí todo era producto de mi imaginación. Una vez en la Avenida me dirijo al hogar de mi amada. Encontré una congestión vehicular que hacía mi preocupación más intensa. Decidí detenerme para tomar un café. Cuando estaba tomando mi café ya calmado, fui interrumpido por un grito, ¡ella! ¡ella!, ¡ayúdenla que se nos muere!. Miré y vi a una hermosa joven de rubios cabellos que parecía un ángel, que se ahogaba con algún pedazo de alimento que se le había trabado en su garganta. Me acerqué y le pregunté a los que entendí que eran sus familiares si podía ayudarles ya que conocía por ser un técnico de emergencias médicas que estaba de vacaciones, pero obligado a asistir en momentos como este. Ellos asintieron al igual que ella, de que le salvara la vida. Me dispuse a ejercer mis oficios cuando una mano esquelética me detuvo, "a ella no". Miré, y no vi a nadie, continué nuevamente perturbado por lo que estaba aconteciendo a mi alrededor. Me coloqué detrás de la joven, la abracé y coloqué mis manos sobre su abdomen y empujando con mis dos pulgares hacia arriba logré expulsar el pedazo de alimento que interfería con su respiración. Ella me miró con una mirada penetrante y dulce, "Gracias por salvarme la vida". La familia me preguntó cómo podrían compensar mi acto heroico, les dije que ese era mi deber y ese era mi mayor recompensa. Se marcharon, tuve que pedir otro café, ya el primero se había enfriado. "Ya su amigo se fue", dijo una empleada. –"¿Quién?" –"El de la capucha negra que estaba sentado donde usted está". "Está bien, no hay problema", le respondí. Tomé mi café algo nervioso y me marché del lugar. Continué la marcha, pero encontré otro obstáculo en el camino. Logré comunicarme con ella. "Gracias a Dios que te consigo, se me ha hecho difícil comunicarme contigo; están ocurriendo cosas inexplicables, raras, sin sentido lógico, las cuales tengo que contarte". Ella me consoló y animó, diciéndome que no me preocupara, que lo tomara con calma, ya que había salido de compras y regresaría más tarde. "Está bien", le dije, "regresaré a casa a descansar ya que me siento algo abrumado, pero más tarde iré a verte ya que estoy ansioso de estar contigo". "Igual, mi amor, nos vemos pronto", fue su tierna respuesta. Ya bastante tranquilizado, pensé en buscar un lugar donde hacer un viraje, pero un grito de auxilio me detuvo, el grito se hizo cercano cuando una mujer que reconocí con sus manos ensangrentadas se acercaba a mí, ¡ella! ¡ella!. "¿Quién es ella?", pregunté. "La joven a la que salvaste hace poco, tuvimos un accidente, está herida y nadie se atreve a asistirla". Apagué el auto en medio de una algarabía que no sabía lo que estaba ocurriendo. Agarré una botella de agua y el botiquín de primeros auxilios que siempre me acompaña. "¡Vamos!", le dije a la mujer y corrí al lugar donde la joven se encontraba. Allí estaba aquel ángel, miré y una profunda herida se dibujaba en su brazo izquierdo. Me acerqué y empujé con mi mano hacia arriba en el lugar exacto de su brazo izquierdo, deteniendo la hemorragia, lavé su herida, le apliqué un torniquete, para terminar la curación, ya que ameritaba puntos de sutura para curar su herida. Llegaron con mucha dificultad los paramédicos que se abrieron paso para llegar al lugar. La examinaron y me elogiaron, ¡buen trabajo!. La colocaron en una camilla y antes de llevársela me miró con sus ojos verdes que parecían luceros, "¡Gracias otra vez, eres mi ángel de la guarda!". "No fue nada", le contesté, "Lo haría todas las veces que fuera necesario". Se la llevaron en la ambulancia y corrí a mi auto. La gente vociferaba por mi auto que yacía en el medio. A la gente de nuestro tiempo no le importa el sufrimiento ajeno, solo le importa llegar a su destino y sus deseos egoístas, olvidando que en algún momento necesitarán que se les atienda con urgencia y quizás nadie les socorra a tiempo.

Por fin llegué a mi hogar, aquellas vacaciones habían sido las peores de mi vida, no por lo que hice por ella, que desgraciadamente pasaba por un día de mala suerte, sino por ese ser extraño que me impedía salvarla. ¿Quién es ella que la muerte se ha ensañado en arrebatarle la vida? ¿Por qué aparece en mi vida y soy yo su guardián? ¿Será obra de Dios? ¿Tan especial es ella para Dios que me ha elegido para socorrerla? Toda mi vida la he pasado salvando a otros o tratando de hacerlo; muchos han muerto en mis brazos, los he llorado aunque sean desconocidos. La vida es tan valiosa aunque muchos la utilicen mal; la desperdician. Solo Dios juzgará a las almas, pero un hilo de la muerte hace cambiar la visión que el hombre tiene de la vida, una nueva oportunidad cambia el sendero hacia nuevas fronteras, por lo menos, en eso siempre he creído. No terminaba en mis cavilaciones cuando una sombra atravesó la ventana y dibujándose en la pared cobró vida. "Llegas tarde, tal parece que también te sorprendió el tráfico. Te estaba esperando para que me digas qué te traes entre manos".

–"No tengo nada que ocultarte; eres más sabio que todos los humanos que conozco, otros en tu lugar estarían temblando o muertos de miedo sin yo tocarlos."

–"¿Has venido a buscarme? ¿O simplemente te has ensañado con esa bella joven a la que he arrebatado de tus manos en dos ocasiones?"

–"No busco a ella, sino a ella", eso dijo señalando el retrato de mi amada.

–"¡No!", dije desesperado, "ella no, mejor toma mi vida y no la toques a ella, pues me condenarías para siempre".

–"¡Oh débiles humanos!, ese es tu punto vulnerable, siempre salvando vidas y te olvidas de la tuya".

–"¿Por qué? ¿por qué ella?, es acaso tu venganza por arrebatar de tu mano tantas vidas inocentes, ¿qué culpa tienen los niños que apenas comienzan a vivir? ¿o los jóvenes que tienen sueños y metas que cumplir? ¿O ella, mi amada que vive para enseñar a los niños las artes del saber? ¡Oh engendro del mal! Vuelve a los infiernos y no regreses nunca a perturbarme".

"Qué equivocados están ustedes los hombres. No me creó Dios ni tampoco Satán, ¿o acaso olvidas que fue un hombre el primero en darle muerte a otro hombre?, y de ahí en adelante no se han detenido en matarse unos a otros. ¿Y me culpan a mí?, cuando son ustedes los que declaran la guerra, a veces sin razón, solo por su deseo desmedido de poder. ¿No son ustedes los que atraviesan sus venas y se lanzan a un viaje sin regreso?, y me culpan a mí. ¿No son ustedes los que se arrebatan y ligando velocidad con adrenalina perecen en las carreteras?, si vieras sus rostros asustados, llenos de terror cuando me miran. No soy yo el que viola las reglas de tránsito. ¿No se atragantan con toneladas de comida chatarra para ahogarse y estallar sus venas y el corazón? Yo no creé las armas que hieren y matan, fueron ustedes. Yo sólo entrego a los muertos, son los ángeles los que recogen sus almas y las entregan al lugar que les corresponde. ¿Olvidas que yo también dejaré de existir? ¿Dónde, oh muerte, tu aguijón? ¿Dónde, oh sepulcro, tu victoria? Y la muerte no será más. Así que pronto gozarás de tu victoria, ya no tendrás que seguir salvando vidas, porque no te las arrancaré más de tus manos. Pero ella tiene en su cabeza un tumor y no lo sabe aún, el buen Dios que la ama me ha pedido que la lleve porque no quiere que sufra."

–"Por favor, no te la lleves a ella, llévame a mí en su lugar, es todavía muy joven, tiene mucho porque vivir."

–"Y tú crees que vivirá sin ti, ella te ama, aunque la deje con vida morirá, al igual que tú si me la llevo a ella."

–"Dios entenderá y ella entenderá que lo hice por amor."

–"Entonces te llevaré a ti en su lugar y me dejarás tranquilo hacer mi trabajo, solo retardarás su muerte porque tarde o temprano perecerá. ¿Estás listo para irte ahora?"

–"Sólo te pediré una hora para llegar donde ella se encuentra y despedirme."

–"Está bien, regresaré a buscarte dentro de una hora, no más."

Corrí hasta mi automóvil que tenía una goma vacía, ¡traidor! ¡mentiroso!, grité airado. Le pedí el auto a mi vecino, que nunca me dirigía la palabra, y accedió. El tráfico había disminuido, traté de llamarla, pero con el apuro olvidé mi celular, el tiempo corría y sólo contaba con quince minutos para llegar, comencé a ver todo borroso y me tuve que detener, bajé del auto y caí casi desmayado al pavimento. La gente comenzó a tocar sus bocinas y a gritar, "¡Para eso bebes, borrachón!", gritaban unos, pero otros al darse cuenta de mi situación acudieron de inmediato a socorrerme. –"¡Llamen a una ambulancia!". Saqué una foto de ella con mucha dificultad. "¡Ella! Llámenla". –"¡Abran paso!", gritó una mujer cuya voz reconocí, era ella. –"Perdona, mi amor, te estuve llamando porque llegaría tarde, pero vi el gentío y vine a ayudar, y qué sorpresa descubrir que eres tú. Pero dime qué te pasa, pronto llegarán los paramédicos, tus amigos, a socorrerte y conducirte al hospital. Dime, ¿qué sientes?".

–"No te preocupes, creí que no llegaría a tiempo para despedirme de ti."

–"¿Despedirte? ¿Qué dices, mi amor? Acaso ya no me amas y me dejas."

–"El ángel de la muerte quería llevarte consigo, pero yo le rogué me llevara a mí en tu lugar. Te amo tanto que no podría vivir sin ti, pero ahora que te veo me podré ir en paz, qué feliz soy al poder saber que tu suave mano cerrará mis ojos para siempre y que tu hermoso rostro será la última imagen que vea."

–"¡No!, viviremos juntos, tienes que vivir para que vivamos juntos por la eternidad. Todavía no te irás, no te dejaré partir."

Una lágrima bajó de mis ojos que se confundió con las suyas, se me fue el mundo y sólo escuchaba sus gritos desesperados. Desprendido de mi cuerpo vi sus manos golpeando mi pecho para volverme a la vida, no vi más y trascendía las nubes y las estrellas; cientos de ángeles me recibieron y reconocí el rostro inconfundible de uno de ellos, era ella, sí, era ella, la mujer de rubios y rizos cabellos, ella, la de la mirada refulgente como rayo, ella, la que salvé en el restaurante, ella, la que curé en la carretera, ahora comprendí, aquella joven era un ángel que se hizo humana para probarme. "Así es", me respondió ella, como si comprendiera mis pensamientos.

"El buen Dios me envió a la Tierra para probarte. Ha visto tu gran corazón, tanto amor que prestas cada día de tu vida, el amor que sientes por ella por el cual has sido capaz de dar tu vida, así como Él dio su vida por toda la humanidad. Regresa a la vida. Dios quiere que sigas salvando vidas. Mereces otra oportunidad para que formen un hogar, una familia llena de amor y felicidad."

–"Pero ella…"

"No te preocupes, ella está bien y tú también lo estarás, ve pronto."

Mi cuerpo fue cayendo lentamente, abandonando el cielo sideral y perdiéndose entre las nubes hasta llegar a mi cuerpo que se hallaba en la morgue, desperté atolondrado, mientras los que me preparaban para guardarme en la nevera salieron disparados del lugar. Me cubrí con las sábanas, pues me habían desprendido de mis ropas. Un galopar de personas apareció en el lugar y la prensa me enfocaba con sus cámaras. Allí estaba ella, la mujer que amaba, "¡Mi amor! Escuché los gritos aterradores de los hombres que afirmaban que un muerto había resucitado, vine corriendo con la esperanza de que fueras tú, porque tú no te irás todavía, y menos sin mí".

–"Sí, mi amor, el Dios bueno me dio otra oportunidad para vivir para siempre a tu lado y sigamos haciendo las cosas buenas que hacemos por los seres humanos."

Mientras nos abrazábamos, una sombra salió disparada como un rayo. "¡Ella, ella!", gritó. La gente se asustó al escuchar la voz aterradora. "¡Salgamos de aquí pronto!, este lugar está embrujado." Todos salieron pero nosotros nos quedamos. Una figura apareció ante nosotros.

–"Se salvaron esta vez, pero su día llegará pronto."

–"Hasta la vista, baby", le contesté.

Y la sombra desapareció y no volvió a molestarnos nunca más.

Timberlina y la Criatura del Abismo

Luego de varios años de reinar con el Rey Canterus y sentirse feliz con las noticias de que sus villas especiales estaban a salvo luego de las guerras declaradas por su ex-ministro, Silia vuelve a ser perturbada por sus sueños. Una densa nube fría y oscura sumía a sus provincias en desolación y muerte. Al verla el Rey tan perturbada, le suplicó que le manifestara si era feliz a su lado.

–"Soy feliz a tu lado, pero añoro las fiestas de mi pueblo, la risa de los niños, la canción del coquí, el gallo y los trinos de los pájaros, pero hay algo que me atormenta y son las pesadillas que han vuelto y creo que debo regresar cuanto antes."

–"¿Y qué harías, mujer? Enricus y sus poderosos amigos del Bosque son suficientes para enfrentar cualquier otra dificultad que se presente en tu reino. Ya no tienes ejércitos, todos volvieron a sus hogares, la paz petrificó sus huesos y ya no existen diestros en la batalla."

–"Tu reino y el mío están unidos desde que somos uno solo. Préstame tus ejércitos y venceremos a todos nuestros enemigos."

–"Lo siento, pero no arriesgaré a mi ejército ni a mi pueblo que goza de absoluta paz. Hacerle la guerra a tus enemigos, que son seres mágicos, traería desgracia sobre nosotros, que no tenemos poderes fantásticos. Éste no es un país de magos y brujas sino de hombres y mujeres comunes sin armas mágicas para enfrentarlos." Silia protesta sumamente molesta:

–"¿Entonces yo soy una bruja?"

–"No dije que lo seas, pero siempre has estado rodeada de ellas y te persiguen dondequiera que vas."

–"Debo ir aunque sea en contra de tu voluntad."

–"Si te vas, nuestra relación culmina, te irás sola con los hombres que quieran acompañarte y no tendrás más parte conmigo."

–"Si así lo quieres."

–"¿Esto significa que el amor terminó entre nosotros?"

–"No, significa que el negarme tu ayuda demuestra que el que no me amas eres tú."

–"No discutiré más. Enviaré a tus criados que te ayuden a empacar. Te devolveré los barcos donde llegaste de tus tierras, eso y nada más."

–"No se diga nada más, después no te arrepientas."

–"No lo haré, me despediré desde el balcón del palacio, desde ahora no nos veremos más."

Silia mandó buscar a su noble Gayo, pronto partirían a Portus Ricus; añoraba ver a su tierra amada aunque esto terminara sus años de felicidad con el Rey Canterus. Gayo se presenta pero con solo una veintena de soldados.

–"¿Y el resto de la guardia?"

–"Unos desertaron, otros fueron enviados por el rey para preparar su llegada, otros preparan las embarcaciones y otros decidieron quedarse acostumbrados a la vida de este lugar."

–"Ellos eran mis leales soldados, los que siempre me han acompañado en todo lugar que vamos. Debemos castigar su traición."

–"No podemos, mi reina."

–"Yo sigo siendo la reina y me deben lealtad."

–"El Rey Canterus les ha dado la libertad para quedarse. Les ha ofrecido tierras y fortuna. Considera que no hay hombres más diestros que ellos y los necesita para adiestrar a los suyos."

–"¿Y vos, Gayo, os quedaréis también?"

–"Mi lealtad estará con usted hasta la muerte, ese ha sido mi juramento y lo cumpliré y estos veinte hombres que piensan igual que yo. La lealtad y el honor están por encima de las riquezas y los honores porque tarde o temprano la desconfianza resurgirá en el corazón del rey."

–"No valdrá la pena discutir con el rey. Debemos partir, si lo pienso más perderé el anhelo de volver a mi tierra y moriré perturbada por mis sueños."

–"Mi reina, ¿no debería recapacitar un poco más sobre su decisión?"

–"¿Qué sabes, Gayo, que tanto callas?"

–"Un ser horripilante ha escapado del abismo. Nadie había escapado de ese lugar, lo que supone su gran poder y esto ha atemorizado al ejército el cual se niega a regresar para combatir lo desconocido."

–"Enricus había traído paz al reino, destruyó al mago perverso Abelus y la felicidad volvió al reino, pero ahora entiendo el por qué de mis pesadillas. Debemos partir cuanto antes y reunir al pueblo que todavía no ha sido devastado para batallar contra el enemigo. Debemos encontrar a Enricus, él tiene el poder de la espada encantada, la cual alumbra a las villas especiales."

–"Es peor de lo que usted piensa."

–"¿Habrá algo peor que esto?"

–"El ser que escapó del abismo es el ex-ministro."

–"¿Cómo pudo escapar del abismo? ¿Qué poder es éste?"

–"Uno que desconocemos."

–"No esperemos más."

Silia llama a sus criados personales y les da instrucciones. Ya todo preparado, comenzaron la travesía. Criados y soldados fieles comandados por Gayo, protegían a la reina. Canterus sólo la despidió desde el balcón del palacio, no hubo fiestas, ni presentes, ni algarabías. Una tormenta fría inundó el mar el cual se tornó turbulento. Perdieron dos barcos de los cinco que partieron. Llegaron a duras penas, encontrando en su arribo a un ejército que les esperaba para cerrarles el camino. Silia decidió retirarse, tomando otra ruta que solo ella conocía. Los condes Elius y Gladus, junto al príncipe Guillermus, le aguardaban.

–"Príncipe Guillermus, Conde Elius y Condesa Gladus, es para mí de gran alivio poder verlos después de tantas dificultades."

–"¿Solo este pequeño grupo le acompaña, mi querida reina?" –preguntó el príncipe.

–"Perdimos dos embarcaciones en alta mar. Jamás habíamos visto una tormenta tan fría, congeló nuestros cuerpos y nos impedía avanzar, provocando que encallaran nuestros barcos entre pedazos de hielo. Una llama enorme descendió y derritió el hielo formando un camino por el cual pudimos seguir, pero no sabemos de dónde llegó la ayuda."

–"El Hada Julia que partió a las estrellas os envió un astro refulgente que os salvara."– contestó el Conde Elius.

–"¿El Hada Julia ya no vive en el Bosque?"

–"Es una historia larga y complicada. El Hada Julia dejó el Bosque, llamada por el creador del Bosque y Señor del Universo. Enricus, junto a la Timberlina con la cual contrajo matrimonio, quedaron al cuidado del Bosque, sólo con la ayuda y el poder de la espada, la que ha formado una barrera impenetrable que ni el ex-ministro y los seres oscuros que le acompañan han podido entrar a pesar de haberlo intentado."

–"Entonces acudamos al Bosque en busca de Enricus y su Timberlina para terminar de una vez por todas con los seres de ultratumba."

–"No podemos entrar nosotros."– dijo la Condesa Gladus. –"Las criaturas del Bosque no lo permiten, la felicidad de sus reyes no puede ser violada. Hay pactos que no pueden ser quebrantados para evitar el desequilibrio del lugar y su desaparición."

–"Debemos hacer el intento, pero le ruego nos llevéis a un lugar seguro donde podamos descansar y recobrar las fuerzas para emprender nuestro cometido."

–"Para eso hemos venido." –dijo el príncipe Guillermus. –"La conduciremos con seguridad a las villas especiales, las cuales están protegidas por los venados armados del Bosque. Nuestras comarcas han sido asediadas por los enemigos. Una nube fría cubre las provincias. Unos mueren de frío, el agua es hielo y la tierra no produce sus frutos."

–"Contadme, Condesa," –rogó Silia, –"esa historia de amor entre un ser fantástico como la Timberlina y un ser humano extraordinario como Enricus."

–"Mientras caminamos os narraré la historia."

–"Montaos en el carruaje que se ha preparado para vosotras."

Luego de acomodarse en el carruaje, continuaron la historia.

–"Desde el momento en que Enricus salvó la vida de Timberlina, ésta se apegó a él y lo amó. Enricus le correspondió e hicieron un pacto de amor, el cual cambiaría sus vidas para siempre. Un día se acercaron al búho sabio y al Hada Julia:

–Búho sabio, Hada Julia, queremos anunciarles que Timberlina y yo nos amamos y queremos vuestra bendición.

Hada Julia pregunta –¿Tú amas a Timberlina?

–La amo profundamente.

–Y tú, Timberlina, ¿amas a Enricus?

–Más que nada en el mundo humano y el fantástico.

–Es la primera vez –argumenta el Búho sabio –que esto sucede en el Bosque, pero existe un pacto de amor que conlleva mucho sacrificio y entrega. Si vos os amáis, os podéis unir, pero los deseos carnales de un humano no pueden ser satisfechos por una Timberlina y esto provocaría que tarde o temprano Enricus busque en otros brazos esa necesidad del placer humano.

–Estoy dispuesto a vencer los deseos carnales por amor a Timberlina, el amor que siento por ella llena todas mis necesidades, eso lo he demostrado por años que he compartido nuestra amistad que supera todas las barreras.

–Y tú, Timberlina, ¿qué harías cuando Enricus enferme, envejezca y muera?

–Estoy dispuesta a vivir el tiempo que el cielo nos permita. Estaré con él todos los días de su vida, aunque yo también muera con él.

–Entonces, Búho sabio, decidle el pacto que podría cambiar sus vidas para siempre.

–Una vez os unáis con un beso, Timberlina se volverá humana, perderá sus poderes, pero vos Enricus seréis inmortal. Este encantamiento es irrevocable una vez lo selléis, o por el contrario, podéis seguir como estáis, sin olvidar que un beso sería el final de vuestra vida actual.

–Yo estoy de acuerdo en que todo siga igual, ¿y tú, Timberlina?

–También estoy de acuerdo, lo que tú decidas eso haré. Como ves, he aprendido a vivir como un ser humano.

–Entonces– dijo el Hada –tomaos de las manos y que el Hacedor de todo el universo os bendiga.

El búho sabio cerró sus ojos y un destello de múltiples colores descendió sobre ellos y el Bosque entero festejó la ocasión. Los venados tocaron sus flautas, las aves cantaron amorosamente. La fiesta duró semanas y no querían acabar. El Bosque amó a Enricus y lo hizo suyo. Una comarca de osos azules se dedicó a la construcción de una cabaña en la copa de los árboles desde donde se contemplan el mar y las estrellas.

Al tiempo el Hada Julia fue llamada del cielo y se lo comunicó a Enricus y a Timberlina.

–Sé, Enricus, que vuestra estadía en este lugar no es fácil, cuando sois tan productivo, trabajador, acostumbrado a las duras tareas y gobierno de vuestras villas. Tengo que partir y el Bosque, aunque está bien protegido por los seres celestes, no tendrá quién las dirija. La Comunidad del Bosque ha determinado unánimemente que ustedes sean sus reyes. Habrá una coronación y una fiesta de esas que no tienen fin y dejaré en ustedes la encomienda. Nada os faltará y estaréis ocupados ubicando todo en su lugar. Nada ni nadie podrá superar vuestro poder que reside en la espada.

–¿Pero qué pasará cuando las fuerzas me abandonen y muera? –preguntó Enricus.

–Timberlina aconsejada por el Búho sabio, seguirá el reinado. Ella estará contigo hasta el final, no te preocupes, tu vida será longeva mientras estés en el Bosque, por eso no debes salir de él, o moriréis sin remedio.

–Acepto la encomienda. ¿Y tú, Timberlina?

–Ya conoces mi decisión, todo lo que tú decidas estará bien. ¿Cómo no aceptaría la responsabilidad que el cielo pone sobre nosotros?

Los venados, los osos azules, las aves, las liebres, los unicornios, las gárgolas blancas y todas las criaturas del Bosque festejaron la coronación. Reinaron con justicia, aunque no era necesaria ante seres nobles y disciplinados. La felicidad reinó en el bosque y las malas noticias del mundo exterior no se escucharon hasta que el ser despreciable que salió del abismo escapó de su encierro. Trataron de obviar las constantes súplicas de la gente que, a través de las aves, les enviaban para recibir su ayuda, pero un día, conmovidos, enviaron a las gárgolas blancas para que visitaran los poblados. Luego de su expedición, entregan un informe de la desolación de los poblados que yacían sumidos en oscuridad y témpanos de hielo. Timberlina, reconociendo la necesidad de los poblados, le comunicó a Enricus que no pensara solamente en ella, y salvara a la que perecía que era suya. Enricus, escuchando la voz de su amada y movido por el amor a su pueblo, reunió a las gárgolas blancas y voló sobre las comarcas y poblados montado sobre un unicornio de arco iris. Su espada formó una tormenta de calor que derritió los témpanos de hielo y les devolvió la vida a los que morían de hipotermia. Terminando de salvar a las comarcas, se encontró de frente al ser funesto.

–Qué noble sorpresa la de encontrarme con mi antiguo amigo, hoy mi peor enemigo.

–Yo lamento que de forma inexplicable hayas huido del abismo donde deberías estar.

–Fue terrible mi estadía en ese lugar, pero mi buen amigo se convirtió en energía para poder sobrevivir a tus poderes. Descendió al abismo y congeló a las criaturas que me custodiaban y atormentaban. Gracias a él estoy aquí para vengarme de todos ustedes. Llegó el momento. ¡Que comience el juego!

La batalla arreció y las gárgolas blancas dominaron a los ejércitos de hielo lanzando llamas de fuego, parecían dragones de esos que describe la mitología griega. Al fin el ex-ministro se enfrentó a Enricus, batallaron sin descanso. El malvado lanzó rayos de hielo, le siguió una tormenta helada mientras la espada de Enricus brillaba y lanzaba llamas de fuego, repeliendo los ataques enemigos. Ambos rayos chocaron y el rey malvado y Enricus cayeron como muertos. Gárgolas le socorrieron. Un mensajero alado llevó el mensaje a Timberlina que acudió a su encuentro para salvarlo. Aves de rapiña le esperaban pero los buitres color púrpura hirieron sus ojos. Timberlina llegó y lloró al ver a Enricus que no abría sus ojos ni le respondía, ni siquiera respiraba.

–Enricus, amor mío, perdona lo que voy a hacer, pero prefiero morir antes de verte perecer.

Timberlina besó a Enricus que despertó. Cuando vio a Timberlina, no la reconoció, sólo vio a una mujer rubia, de ojos verdes que lo observaba y abrazaba.

–¿Quién eres tú?

–¿No me reconoces? Soy Timberlina.

–Pero eres una mujer, sin alas, sin las orejitas puntiagudas; no me digas que rompiste el pacto para salvarme.

–No pude evitarlo, temí perderte, mejor que muera yo en tu lugar.

–Vamos, Timberlina, el enemigo ha muerto, pero debo protegerte de sus legiones. Vamos al Bosque.

Las gárgolas y pitirres los condujeron sanos y salvos sin saber que el malvado ser había sobrevivido por las fuerzas malignas. Fue avisado de lo ocurrido, de cómo Timberlina se había convertido en mujer y acabado sus poderes fantásticos.

–Ése es ahora su punto débil, ahora sin los poderes de Timberlina podré acabar con los poderes de Enricus, la espada será mía y consumiré al Bosque con el frío.

Enricus juró que jamás volvería a salir del Bosque. Cuida a Timberlina como mujer frágil, no se expondría ni mucho menos a ella. Busquemos la ayuda del rey Canterus, quizás podamos vencerlos sin hacerle daño a los seres que tanto bien y sacrificios han hecho por nosotros."

–"Es una historia fantástica que hubiera deseado presenciar. No molestaremos a Enricus, ni a las criaturas del Bosque, ni mucho menos a Canterus con el cual he terminado. Reuniremos a los ejércitos dispersos y los tomaremos por sorpresa."

No acababa de hablar cuando una manada de lobos grises dirigidos por el malvado les atacaron.

–"¡Gladus, salva a la reina!"–gritó Gayo.

Gladus montó a Silia en su caballo y galopó a prisa hasta el Bosque que era el único lugar seguro.

–"Ésta es la oportunidad que esperaba, vamos tras ella."

Al ver las malas intenciones del rey malvado, Gayo levantó su espada para herirlo, pero aves de rapiña lo atacaron y fue rodeado por los lobos grises.

–"Lo siento, mi reina."

Gladus cabalgó y cabalgó hasta acercarse al Bosque. El enemigo casi le daba alcance. Al ser divisado por las gaviotas, anunciaron a los reyes el evento.

–"Acudamos, Enricus, en ayuda de Silia." – dijo Timberlina.

–"Sería muy peligroso abrir las puertas del Bosque, mejor enviemos refuerzos."

–"¡Vamos!"

Gladus y Silia llegaron a las puertas pero no encontraban cómo entrar mientras el malvado ser se acercaba.

–"¡Abran las puertas!" –gritó Timberlina.

–"¡Esperen!"–gritó Enricus, pero ya las puertas se abrieron.

–"Entre, reina," –insistió Gladus –"trataré de detener al enemigo."

Una flecha atravesó el cuerpo de Gladus y antes que se cerraran las puertas otra logró alcanzar a Timberlina, que cayó herida en los brazos de Enricus. Grandes llamas de fuego descendieron destruyendo toda criatura oscura mientras otra arropaba al rey malvado y al espíritu de Abelus, los cuales fueron devueltos al abismo y sellado para que nadie lograra salir jamás.

–"Perdona, Enricus"–dijo Silia, –"todo es mi culpa, traté de enfrentarlo sin tu ayuda pero sólo tú eras nuestra esperanza."

–"La culpa es solo mía"–contestó Enricus.

Llevó a Timberlina frente a la casa del árbol. Todas las criaturas se agolparon para llorarla.

–"Lo siento, Búho y amigos del Bosque. Me diste a vuestra Timberlina y hoy os la entrego sin vida. La mía la pongo en vuestras manos, ya no podría vivir sin ella."

−"Ella decidió vivir su vida junto a ti"−contestó el Hada Julia que había descendido para traer paz y liberar al pueblo de la oscuridad y el frío. −"Estaba consciente del enorme sacrificio que conllevaba la vida humana. Cuando llegue la noche y salga la luna, una luz descenderá y la llevará hasta las estrellas donde brillará por siempre."

−"¿Y qué será de mí sin ella?"

−"Solo esperar que tus días terminen, pero ya jamás volverán a reunirse, porque el mundo celeste que nos cobija es diferente al de los humanos. Puedes despedirte ahora o esperar que la luz la traslade al cielo. Todo el Bosque esperará y llorará su partida."

−"Yo también esperaré, no importa el tiempo, pero cuando la vea partir, moriré con ella."

−"No hay palabras mágicas que la vuelvan a la vida"−dijo el búho. −"Puedes pronunciarlas, pero ya no es una Timberlina, es humana."

–"Yo te amo, Timberlina, mi vida se va contigo, vuelve pronto a la vida, quédate conmigo."

Enricus repetía y repetía las palabras mientras cargaba y lloraba a Timberlina. Cayó la noche y todo el Bosque yacía en silencio, los árboles cubrieron sus cuerpos soltando sus flores hasta formar una enorme alfombra de colores. La luna apareció y un rayo descendía para llevarse a Timberlina. Enricus recordó que todo era mágico en el Bosque. –"¡Gárgolas! Llévenos al lago."

Un grupo de gárgolas los llevaron al lago. Una vez allí, Enricus se sumergió con Timberlina, el rayo llegó hasta el lago y al reflejarse en el lago, regresó al cielo. Enricus llevó a Timberlina a la orilla. Una lluvia de escarcha de múltiples colores cayó sobre Timberlina, que emitiendo un profundo suspiro, abrió sus verdes ojos.

–"¡Enricus! No me dejaste morir. Sentí que un rayo me atrapaba y no quería irme, hasta que oí tu voz y el rayo me soltó para que volviera a la vida."

–"Creí que te perdía, pero no podía dejarte ir sin decirte lo mucho que te amo". Acabando de decir estas palabras, notó cómo ella se iba encogiendo hasta volverse diminuta, las orejas se tornaron puntiagudas y resurgieron sus alas.

–"¡Enricus!"

–"No te preocupes, después que estés junto a mí, no me importa si eres humana o mágica, te amo igual."

La multitud llegó al Bosque y festejaron el regreso de Timberlina. Miraron al Hada Julia quien miró al Búho.

–"No me miren, no sé qué ocurrió."

–"Luego de nuestro festejo, tenemos que partir. Así lo ha determinado el hacedor de las luces. Ya está cansado de ayudar a un mundo que no se cansa de hacer el mal, de herir, odiar y olvidarse del Creador que todo lo hizo bueno en su tiempo, pero el hombre lo dañó y no quiere cambiar. El Bosque se irá a las nubes donde viviremos por siempre. Silia fue sacada del Bosque y observó cómo una nube densa y blanca descendía y transportaba al Bosque más allá de las nubes. Silia se unió a Gayo y el mundo siguió gobernado por tiranos, pero nunca más contaron con la ayuda del Bosque y las criaturas mágicas.

Waco

Me llamo Waco, me dicen el cimarrón. Soy defensor de las revueltas. Cansado de la esclavitud he tenido que huir a las montañas. Mis amigos son el árbol y el matorral. Mi compañero es el machete que llevo amarrado en la cintura. Los hacendados me persiguen bien armados, como si fuera una presa de caza. Aquí en la soledad recuerdo a mi tierra que sabe a libertad, a mi familia y al tambor que retumba en el baile cadencioso de mi pueblo. Prefiero esta vida fugitiva que el látigo feroz del mayoral, el trabajo forzoso bajo el sol que golpea nuestros cuerpos y el odio que nos quema el alma. Aquí en la montaña hay sombra como el de la selva de donde vengo, se escucha la dulce melodía, hay paisajes de ensueños, hay agua que calma nuestra sed, bananas y otros frutos.

Todo comenzó un día que regresaba de la selva lleno de bananas. Fui sacudido por el grito desesperado de mi madre. "¡Corre, Waco, corre!". Los pies me temblaron y me impidieron obedecer a mi madre. Me echaron mano unos jelofes y me amarraron. Mi padre y mi madre yacían encadenados, habían grilletes en sus cuellos y en sus pies. A mí me amarraron con lianas porque mi cuerpo era pequeño. Luego de casi arrastrarnos por las veredas de la negra selva, nos encontramos con hombres raros con armas que nunca habíamos visto. Les entregaron a nuestros secuestradores utensilios de aparente valor. Nos habían vendido como fieras de presa. Éramos de la misma raza, hermanos de la misma tierra. Eran traidores de los suyos. Un hombre con vestiduras raras con dos pedazos de madera cruzados, lo que comprendí más tarde era una cruz o símbolo de la religión de los blancos. Nos recibió mojando nuestras caras. "Dios los bendiga." "No sé quién es usted, pero yo también lo bendigo", esto dije escupiendo su rostro. Un bofetón sacudió el sudor de mi rostro que volvió a mojar al religioso. Mi padre, airado, golpeó a duras penas a mi agresor, pero fue sumido a la obediencia por un grupo de hombres armados. Traté de salvar a mi padre de las garras de aquellos perros rabiosos. Lograron controlarme lanzándome en un calabozo debajo de aquel barco al que llamaban El Negrero. A mi padre lo colocaron junto a los demás hombres en un espacio que apenas cabían. Mi madre fue colocada con otras mujeres junto a sus hijos. Mi tierra es el lugar más caluroso de toda la tierra, pero un cielo de densa vegetación la cobija. Ahora el sol nos castiga mientras vemos cómo los blancos sacian su sed sin saciar la nuestra. Una sola ración de comida tenía que durar el día entero. Muchos mueren en el camino por la insolación o una terrible infección por las heridas no atendidas. Me valí de la maña para salir por un agujero, llevarme una jarra llena de agua y varias bananas traídas de mi aldea. Volví a mi agujero para comer a escondidas. Al regresar el que vigilaba el lugar, se percató que la jarra estaba vacía y no estaban las bananas. Miró enojado a su alrededor, les preguntó a sus compañeros si habían visto a alguien merodear por el lugar; ante la negativa de todos, me miró grandemente enfurecido, pero al verme levantar las manos amarradas olvidó el incidente, pero estuvo más atento para ver si me sorprendía con las manos en la masa. Había almacenado las bananas para que duraran más tiempo para poder sobrevivir mucho más tiempo, pues habían decidido dejarme morir negándome el agua y alimentos. Las bananas habían perdido su color natural y también su sabor, hasta deteriorarse y convertirse en descomposición nauseabunda.

Mi padre buscaba la forma de lanzarme su porción para salvar mi vida, arriesgando la suya, hasta que preso del raquitismo y la anemia murió en alta mar. Lo arrojaron en las aguas donde los tiburones dispusieron de él. Lo mismo hubiera acontecido conmigo hasta que se escuchó el grito esperado. "¡Tierra!" Llegamos vivos doscientas personas de las trescientas que salimos de África. Unos murieron de sed, otros por enfermedades y otros al igual que mi padre, por desnutrición. Al tratar de quitarme las lianas que me ataban, se dieron cuenta que ya me había desprendido de ellas y sin darles tiempo para actuar, ya me había enroscado en el cuello del capitán del barco. Trataron inútilmente de separarme del cuello del capitán, pero el coraje que sentía no me dejaba escuchar los gritos de mi madre que trataba de protegerme de aquellos mercaderes de hombres. "¡Denle una banana!", gritó alguien, se la estrujé en los ojos al que la trajo haciéndole entender que no era un mono. Un golpe en mi espalda me hizo perder el sentido y soltar al capitán. Otro golpe hubiera sido fatal pero fue detenido por un hombre de autoridad. "¡Alto! ¿Qué va a hacer con ese niño?"

"Esto no es un niño, es un orangután que se quedó enano y por poco me mata."

"Sólo es un niño que busca vengar sus abusos. Un poco de cariño y cuidado acompañado de autoridad y disciplina mejorará su conducta."

"Se lo vendemos y a precio especial."

"Lo compro a él y a su madre."

"Son todos suyos."

Al regresar al hogar de aquel rico y prominente hacendado, nos recibió una mujer india, de las pocas sobrevivientes de los llamados taínos. Era sirvienta del hacendado pero al morir la esposa, se unieron en matrimonio, a pesar de la fuerte oposición de uno de sus hijos llamado Fortunio. Por otro lado, su hija Mercedes era un manojo de virtudes. A diferencia de su hermano, había atesorado la enorme compasión y respeto que sentían sus padres por los demás seres humanos, incluyendo indios y africanos; no importaba el lugar de procedencia, ni la raza, ni la condición social. Para ellos todos éramos iguales. Trataron muy bien a mi madre y a mí también. Mi amo nos pagaba por realizar nuestras tareas. Me había enseñado que acumulando algún dinero, podía legalmente obtener mi libertad y la de mi madre. Fortunio se las ingeniaba para robarme el dinero, por lo que opté por entregárselo a Mercedes. Ella me enseñó a contar, sumar y restar, y algo de gramática. Al enterarse de lo mal que se portaba Fortunio con nosotros, lo envió a realizar estudios en la Real Academia Española. Juró que regresaría y vengaría esa afrenta. Fuimos tan felices por un tiempo, que olvidamos nuestro infortunio. El hacendado se aprestaba para dejarnos en libertad, pero una rara enfermedad lo sorprendió sin darle tiempo para cumplir con lo prometido. Fortunio regresó para participar de los actos fúnebres. Decidió quedarse para atender los negocios de su padre y también su venganza. Echó de su tierra a su madrastra, negándole todo derecho que le cobijaba por el tiempo que vivió con su padre.

Compadecido grandemente, le solicité a Mercedes le diera parte de mis ahorros, y así lo hizo. Desde ese momento en adelante comenzó verdaderamente mi calvario. Las faenas de mi madre fueron aumentadas. Contrató a un nuevo mayoral y otros amigos suyos que nos harían la vida imposible. No respetaban las leyes establecidas sobre el trato a los esclavos. Teníamos que trabajar más horas de las habituales. Nuestro alimento dejó de ser viandas, ahora se convertía en legumbres. El sol nos castigaba sin darnos tregua, y el látigo del mayoral nos desgarraba al asomarse una querella. Un día, cansado de ver cómo herían a uno de mis amigos, le advertí al mayoral de las consecuencias de sus desmanes. Levantó su látigo para descargarlo sobre mí, pero agarré su brazo y no pudo con mi brazo fuerte que no era el del debilucho niño que llegó con el amo. Enterándose el amo de lo sucedido, quiso darme un escarmiento delante de todos para que nadie osase cometer el mismo atrevimiento. Me trajeron entre varios a la hacienda. Desnudaron mi espalda y el amo se encargó personalmente del castigo. Mercedes intervino y me cubrió para evitar que siguiese siendo lastimado por su hermano. Fortunio la golpeó y al verla caer, saqué fuerzas sobrehumanas, rompí las cuerdas y con ellas golpeé al amo. "¡Huye, Waco, huye!", gritó Mercedes. Huí al ver a los hombres armarse contra mí. En ese momento comenzó la guerra contra los blancos. Me perseguían, pero buscándoles la vuelta, quemaba sus haciendas y sus cosechas. Liberaba a todos los esclavos que lo solicitaban. El calvario dejó de ser sólo para los negros. Mientras rugía la guerra, se asomaba la llama del abolicionista, hasta que surgieron las leyes que nos dieron la libertad. Envejecí en las montañas y Mercedes me acompaña. Nuestros niños juegan libres como el viento y la voz temblorosa de un anciano moribundo retumba como un eco en la distancia. "¡Wacooo!..."

Made in the USA
Columbia, SC
09 January 2019